사령왕 카르나크 14

2024년 7월 18일 초판 1쇄 인쇄
2024년 7월 23일 초판 1쇄 발행

지은이 임경배
발행인 김관영

기획 박경무 강민구 임동관 조익현 최시준 신정윤
책임편집 백승미
마케팅지원 유형일 장민정

발행처 (주)로크미디어
출판등록 2003년 3월 24일
주소 서울시 마포구 마포대로 45 일진빌딩 6층
Tel (02)3273-5135 **Fax** (02)3273-5134
홈페이지 rokmedia.com **E-mail** rokmedia@empas.com

ⓒ 임경배, 2023

값 9,000원

ISBN 979-11-408-2317-8 (14권)
ISBN 979-11-408-1400-8 04810 (세트)

CONTENTS

착하게 나쁜 짓을 합시다

　마법의 힘을 되찾았다 해서 바로 움직일 순 없다. 혹시 모를 부작용을 점검해 보는 것이 상식이다.

　디오그레스가 자신의 마법을 재점검하는 동안, 카르나크도 앞으로의 행보에 대한 계획을 세웠다.

　제스트라드 저택의 영주 집무실.

　부름을 받은 바로스와 세라티가 카르나크를 찾았다. 방에 들어선 세라티가 주위를 둘러보더니 물었다.

　"혹시 저희만 부르신 거예요? 다른 사람들은?"

　"아무래도 전부 다 부르면 편하게 이야기하기 힘드니까."

　데스테란이나 디오그레스는 말할 것도 없고, 라피셀만 하더라도 앞에서는 말을 골라야 한다. 레번은 아직 스트라우스

가문에서 돌아오지 않았고.

밀리아야 불러도 상관없지만 그냥 라피셀이랑 같이 됐다.

"밀리아는 부르고 라피셀은 안 부르면 남들이 보기엔 좀 이상하잖아?"

둘 다 빼놓으면 그냥 킹스 오더 소속의 어른들끼리 중요한 이야기 중이라는 상황이 된다.

"하여튼, 슬슬 검은 신의 교단을 본격적으로 쳐 볼 생각이다."

사실 테스라낙의 강림을 막는 제일 좋은 방법은 처음부터 알고 있었다.

검은 신의 교단 수뇌부인 3성인을 처리하면 된다.

"좀 더 정확히 말하면, 엘레자르와 드렐타인을 처리해야 하지."

오러를 담당하는 어둠의 법왕.

마나를 담당하는 파괴의 성녀.

신성력을 담당하는 죽음의 교황.

이들은 테스라낙의 강림에 있어서 필수 요소였다.

그간 검은 신의 교단이 펼친 행보를 살펴보면, 저 셋이 모두 존재해야 테스라낙의 강림이 이루어진다는 것 자체는 의심할 여지가 없었다.

하지만 의외로 저들 사이에서도 중요도는 꽤 차이가 난다.

"당장 제덱스만 해도, 바로 대체가 되었잖아?"

그를 대신해 검은 신의 교단에 새로운 죽음의 교황이 생겼다는 사실은 이미 파악했다. 누군지는 아직 모르지만.

같은 3성인이라 해도 신성력 담당의 경우엔 대체할 자가 많은 것이다.

"아무래도 7명이나 있었으니 말이지."

반면 엘레자르나 드렐타인은 대체가 힘들다.

전투력도 전투력이지만, 그보다는 세상에 끼치는 둘의 영향력이 너무 크다.

대륙의 절반을 차지한 라케아니아, 그 방대한 제국을 양분한 두 세력의 최강자들이니까.

실질적으로 검은 신의 교단을 세우고 이끌며 테스라낙의 강림을 준비하는 모든 일을 저 둘이 해 왔다.

"즉, 저 둘만 처리하면 검은 신의 교단은 순식간에 지리멸렬하게 된다는 소리지."

세라티가 고개를 끄덕였다.

"그렇게 되면 이후 교단의 잔당도 처리하기 훨씬 쉬워지겠군요."

"그렇지. 내가 할 일은 아니지만."

"안 하실 거예요?"

"그것까지 내가 해야 돼?"

보아하니 테스라낙을 막은 시점에서 화끈하게 손 떼고 식도락이나 즐기려는 모양이었다.

세라티도 바로 납득했다.

'하긴, 이 인간 원래 그랬지.'

여태 카르나크가 바쁘게 돌아다닌 이유가, 세상 사람들을 테스라낙으로부터 구하기 위함인가?

애초에 저 인간은 사람들이 고생하건 말건 전혀 신경 쓰지 않았다.

진짜 이유는 오직 하나뿐.

─내가 했던 짓, 다른 놈이 또 할 것 같으니까 무조건 못하게 막자!

테스라낙만 사라져 주면 그다음에야 사교도가 인간들을 괴롭히건 사람들끼리 서로 전쟁을 하건 알 바 아닌 것이다.

인류 역사 속에 흔하게 있던 평화로운(?) 난세니까.

"그래도 사람답게 사시려면 하는 게 좋지 않을까요?"

"그쯤 되면 사람답게 사는 게 아니라 호구 잡히는 거 같은데."

역시 카르나크가 바보도 아니고 이 정도로 낚이진 않는다.

하지만 이렇게 돌려 말하면 어떨까?

"진짜 하시란 소리가 아니라, 그렇게 말하고 다니면서 맛집 찾아다니시라고요. 그러다가 도중에 사교도 걸리면 그때 적당히 처리하시면 되잖아요?"

카르나크와 바로스의 표정이 바뀌었다.

이번엔 상당한 설득력을 지니고 있지 않은가!

"오, 그 생각은 못 했네?"

"그러게요."

"영지에 처박혀 사는 것도 사실 좀 지루하지?"

"여행 다닐 좋은 핑계로군요."

진지하게 맛집 찾아다닐 생각을 하는 저 둘을 보며 세라티는 빙그레 웃었다.

'일단 돌아다니게만 하면 되는 거니까.'

본인들이야 정말로 관심이 없겠지만, 수뇌부를 잃은 검은 신의 교단 잔당이 과연 카르나크를 그냥 둘까?

어쩔 수 없이 휘말리게 될 것이고, 본의 아니게 사교도 사냥을 하게 될 것이다.

'이 정도면 나도 꽤 말을 잘했지?'

이어진 둘의 대화를 듣고 바로 후회했지만.

"마음껏 사람 죽이면서 맛있는 거 먹고 다니자는 거죠? 좋네요."

"그러게. 역시 세라티처럼 제대로 산 사람은 생각도 우리랑 달라."

"아니, 저기, 그런 의미는 아니었……."

어쨌든 처음부터 카르나크는 엘레자르와 드렐타인을 노리고 있었다.

그저 여태까진 힘이 모자라 어쩔 수 없었을 뿐이지.

그런데 디오그레스 콜론이 도로 대마법사가 되었다.

또한 카르나크 일행도 상당히 강해졌으며, 데스테란이라는 새로운 전력까지 손에 넣었다.

엘레자르와 드렐타인, 둘 중 1명만 상대할 경우엔 필승을 장담할 수 있을 정도로 전력이 높아진 것이다.

"물론 둘이 한꺼번에 덤비면 아직 좀 애매하겠지만, 그런 상황을 피하는 게 전략 아니겠어?"

여명탑과 서치 블랙이 아군이 되었으니 계획만 잘 짜면 충분히 각개격파 할 수 있다는 것이 카르나크의 설명이었다.

"과연."

고개를 끄덕인 뒤 세라티가 물었다.

"그런데, 계획을 짜려면 저희들만 부르시면 안 되는 것 아닌가요? 디오그레스 공이나 데스테란 경과도 의논을 해 봐야……."

"아니, 필요 없는데."

"네?"

"계획은 이미 다 짰어. 바로스랑 같이."

세라티는 의아해했다.

바로스야 원래 같이 계획 짠 상대니까 그렇다 치고…….

"그럼 전 왜 부르신 건데요?"

뭘 당연한 소릴 묻냐며 카르나크가 말을 이었다.

"확인해 줘야 할 거 아냐? 내가 사람답게 구는 거 맞는지."

"아, 맞다."

세라티는 반성했다.

안 그래도 요새 너무 자주 카르나크의 행동에 납득해 버리는 자신이 있었다.

의관을 정갈히 하고 크게 심호흡을 한 뒤 정신을 집중한다.

"정신 바짝 차렸어요. 자, 이제 계획 말씀해 주세요."

"이게 그렇게까지 심각한 표정을 지을 일인가?"

"당연하죠!"

머쓱해하며 카르나크가 설명을 시작했다.

"그, 그러니까……."

엘레자르, 드렐타인과 싸울 때 반드시 지켜야 할 전제 조건이 하나 있다.

"절대 제도에서 싸워선 안 된다는 거지."

라케아니아 제국 황도, 테아 크라한.

이 지상 최대의 도시는 천년 수도의 이름에 걸맞게 강력한 군사적 방비가 되어 있다.

다오그레스 콜론의 여명탑, 기엔 렌의 황금가지회와 함께 대륙 3대 마법학파인 엘레자르의 제국 마탑이 이곳에 위치한 것이다.

그곳에 소속된 마법사만 해도 실로 부지기수.

"지금 시대라면, 9서클 종사자가 셋에 8서클이 일곱쯤 되겠네."

그 이하는 숫자가 얼마나 될지 감도 안 온다.

황도를 지키는 제국 기사단 역시 무시 못 할 강적이다.

누구도 대륙 최강임을 의심치 않는 이 제국 기사단은 전생 때도 카르나크와 바로스를 지겹도록 괴롭힌 강자들이었다.

여기에 드렐타인 개인의 세력인 크레타스 기사단도 있다. 이들 또한 제국 기사단보다 숫자는 적어도 기량만큼은 결코 떨어지지 않는다 자부하는 이들이다.

"이 둘을 합치면 실버 나이트만 못해도 다섯은 넘을걸. 퍼플 이하는 드글드글하고."

이 엄청난 전력을 무왕과 대마법사가 이끈다?

아무리 카르나크 측 세력이 제법 커졌다지만 전면전을 벌이면 결과는 필패였다.

"그래서 내가 여태 엘레자르를 어찌 못 한 거야."

디오그레스 콜론이 마법 봉인을 당했다는 이야기를 들었을 때 카르나크가 문득 떠올린 생각이 있었다.

-잠깐, 그러니까 지금 엘레자르는 마법을 못 쓴다는 거지?

물론 마법의 힘이 없다 해도 그녀는 충분히 강력한 사령술사다. 아마도 사령력만이라면 지상 최강이라 해도 무방하겠지.

하지만 최강이건 뭐건 사령술 상대라면 무조건 승산이 있는 카르나크였다. 이참에 몰래 엘레자르부터 먼저 처리할 수 있지 않을까 고민도 했다.

하지만 상황을 살핀 뒤 포기했다.

엘레자르가 절대 테아 크라한을 나오지 않았던 것이다.

'대외적'으로 화해를 한 터라, 예전과 달리 그녀의 마탑에 드렐타인이 함께 머무르고 있는 것도 문제였다.

"무왕이 항상 옆에서 지키고 있으니 답이 없었지."

뭐, 드렐타인은 엘레자르를 지키기 위해서가 아니라 교단 업무 보기 더 편해서 그렇게 한 것 같다만.

이런 상황에서 몰래 제도로 들어가 엘레자르나 드렐타인을 노린다?

일이 잘 풀릴 가능성은 거의 없는데, 실패하면 치를 대가는 너무 컸다.

그리고 사령술사 대부분이 그렇듯 카르나크는 승산 없는 일에는 절대 모험을 걸지 않는 성격이었다.

"어떻게든 제도 밖으로 끌어내야 해. 그래서 이쪽이 원하는 장소로 끌고 와야 승산이 있다."

그렇다면 어떻게 해야 저 둘을 제도 밖으로 나오게 만들 수 있을까?

"이건 선례가 하나 있지."

저 둘이 마지막으로 제도를 나선 때가 바로 여명탑을 공략하기 위함이었다.

"디오그레스가 다시 여명탑을 차지하고 휘하 세력을 거둬 농성에 들어가면, 둘 다 그를 처리하기 위해 다시 모습을 드러내지 않을까?"

세라티는 고개를 끄덕였다.

"그렇군요. 확실히 저들에게 디오그레스 공은 포기할 수 없는 목표일 테니."

사람들은, 심지어 디오그레스 본인조차도 모르지만 카르나크 일행은 알고 있다.

엘레자르와 드렐타인이 디오그레스를 노리는 진짜 이유를.

미래의 디오그레스 콜론을 저 몸에 강림시켜야 할 테니, 저런 일이 벌어지면 만사 제쳐 놓고 달려올 것이 뻔하다.

부하를 대신 보낼 리는 절대 없었다. 무려 대마법사가 상대인데?

게다가 강림 의식을 진행하려면 더더욱 엘레자르의 존재

는 필수일 터.

"그러니까……."

세라티가 들은 내용을 요약했다.

"여명탑을 기점으로 엘레자르와 드렐타인의 군대를 유인해서 혼란을 틈타 저들을 각개격파 하자는 건가요?"

"응."

"어쩐 일로 카르나크 님이 이런 멀쩡한 계획을 다 세우셨어요?"

딱히 비인도적이지도 않고, 사악한 의도도 보이지 않으며, 억울한 이가 휘말릴 일도 크게 없어 뵌다.

물론 전쟁이 벌어지는데 어찌 억울한 죽음이 없겠냐마는, 적어도 평범한 전쟁 이상으로 변질되진 않을 것 같단 소리다.

카르나크가 싱글벙글 웃었다.

"그렇지? 이번엔 확실히 보편타당하고 사람다운 계획이지?"

그리고 대수롭잖다는 듯 말을 이었다.

"물론 아무리 이쪽이 원하는 장소로 끌어들인다 해도 제국의 총력이 들이닥치면 답 없기는 마찬가지지. 그래서 그 전에 적당히 저쪽 전력을 분산시킬 작정이야. 그다음에 엘레자르와 드렐타인의 본군만 이쪽 함정으로 끌어들이면……."

순간 세라티가 제동을 걸었다.

"잠깐!"

"왜?"

"그 전에 저쪽 전력을 분산시킨다고요?"

"응."

"설마 그 방법이란 게 이런 건 아니겠죠? 제도에 역병이 돈다거나, 혹은 제도 시민들 가운데 죽은 자가 창궐해 내분이 일어난다거나⋯⋯."

"오, 어떻게 알았어?"

카르나크가 감탄을 흘렸다.

"내가 전생 때 테아 크라한을 공략한 방법인데."

세라티가 눈을 부라렸다.

"절대 안 돼요!"

놀랍게도 카르나크는 당황하지 않았다.

"걱정 마. 또 그 방법을 쓰겠다는 건 아니니까. 나도 사람답게 살려고 노력한다고 했잖아?"

세라티는 누누이 말했다.

사람답게 살고 싶다면 제발 관련 없는 일반인은 건드리지 말라고.

카르나크도 저 말에 전적으로 동의하고 있었다.

"그러니까, 관련이 있고 일반적이지 않은 사람은 건드려도 된다는 소리지?"

＊＊

제도 테아 크라한 남쪽에 위치한 텔릭스 가문의 저택.

오랜만에 집으로 돌아온 드렐타인은 당황스러운 표정으로 집사를 바라보고 있었다.

"지금 뭐라고 했나?"

"저도 믿기지 않지만 사실입니다."

음성을 고르더니 집사가 또박또박 말을 이었다.

"엘리엇 제3황자님께서 납치되셨습니다."

＊＊

어제까지만 해도, 올해로 13살이 된 엘리엇 황자의 일과는 평소와 전혀 다르지 않았다.

제국이 고르고 고른 학자들에게 학문을 배우고, 궁중 정원을 산책하며 휴식을 취하고, 정해진 시간에 저녁을 먹고, 잠자리에 든다.

보좌한 시녀들이 모두 그 모습을 지켜보았다. 그때까진 확실히 아무 일도 없었다.

그런데 다음 날 아침, 분명 침상에 누워 있어야 할 엘리엇 황자가 온데간데없이 사라져 버린 것이다.

대신 침대 위에 쪽지 하나가 놓여 있었다.

『황자의 목숨이 아깝다면 경거망동하지 말지어다.』

　당연하게도 황궁은 발칵 뒤집혔다.

　곧바로 제국 기사단이 소집되어 신속하게 황자를 구하라는 명을 받았다.

　우선적으로, 대체 어느 놈의 소행이며 무슨 목적으로 저지른 일인지부터 파악하려 했다.

　제일 먼저 의심한 이들은 역시나 사교단들이었다.

　예전부터 세상을 어지럽힌 검은 신의 교단, 그리고 요즘 새롭게 두각을 드러내는 황혼교가 용의 선상에 올랐다.

　하지만 양쪽 모두 범인이라기엔 부족한 부분이 있었다.

　엘리엇 황자는 저잣거리에서 납치된 것이 아니다. 확실하게 황궁 한복판에서 실종되었다.

　제국의 중추답게 황궁은 온갖 강력한 마법 결계로 보호받고 있었다. 무려 대륙 3대 학파 중 둘, 제국 마탑과 여명탑의 정수가 집약된 최강의 방어 결계였다.

　과연 사교도들에게 저 엄청난 마법의 힘을 뚫을 능력이 있을까?

　물론 놈들은 금기 중의 금기인 사령술을 구사하니, 혹여 세상에 알려지지 않은 기괴한 술법으로 방어 결계의 빈틈을 노렸을 수도 있다.

　하지만 그렇게 보기엔 또 흔적이 너무 남지 않았다.

황궁의 방어를 뚫을 정도로 강력한 사령술을 써서 황자를 납치했다면 어지간해선 어둠의 기운이 남기 마련인 것이다.

물론 작정하고 일부러 감췄을 수도 있긴 하지만, 그럴 거면 왜 굳이 쪽지는 남긴 건데?

게다가 쪽지 내용도 뭔가 이상하다.

분명히 황자의 목숨을 언급하며 노골적으로 협박을 하긴 했다. 그런데 도무지 요구 조건을 모르겠다.

황자를 찾지 말란 소리도 아니고 그냥 경거망동하지 말라니?

뭘 해야 경거망동인 건지부터 알려 줘야 하는 것 아닌가?

"그 탓에 황궁은 현재 혼란에 빠져 있는 듯합니다."

보고를 마치며 집사가 살짝 미간을 찌푸렸다.

"역시 검은 신의 교단 짓일까요?"

드렐타인이 말미를 흐렸다.

"글쎄……."

다른 건 몰라도 검은 신의 교단이 한 짓이 아니라는 것만은 확실하다.

당장 본인이 교단 최고 우두머리 중 1명인데?

7왕국 연합 측과 달리, 제국 측 검은 신의 교단은 제법 체계가 잡힌 지 오래다. 휘하 지부가 멋대로 움직일 만큼 중구난방이던 시절은 진작 벗어났다.

'하지만 그 사실을 드러낼 수가 없으니…….'

드렐타인이 인상을 찌푸렸다.

"오랜만에 집에 돌아왔더니 괴상한 일이 터졌군."

그간 드렐타인은 내내 엘레자르의 마탑에서 그녀와 함께 거하고 있었다.

그런데 얼마 전 엘레자르의 마법이 회복되었다.

이것이 의미하는 바는 명확하다.

–디오그레스 콜론이 대마법사의 힘을 되찾았습니다.

–그렇다면 가만있을 리 없겠군.

분명 자신들을 노리고 움직일 것이다.

그래서 대책을 세우기 위해 잠시 저택으로 돌아온 것인데 이런 기이한 일이 터졌다.

'우연인 건가, 아니면 뭔가 관련이 있는 건가?'

설마 디오그레스 같은 이가 황자 납치 같은 추악한 일과 연관이 있을 것 같진 않지만, 워낙 타이밍이 타이밍이니 의심은 좀 간다.

"그래서 어찌 되었나?"

"폐하께서 크게 노하여 수단과 방법을 가리지 말고 범인을 색출하라 이르셨습니다."

아들 사랑이 지극해서만은 아니었다.

사실 제국의 황제쯤 되면 그렇게 부성애가 특출나진 않다.

하지만 제국의 권위, 황실이 도전받은 것은 실로 큰 문제다.

"제국 기사단과 수도 경비대가 총동원되어 제도 곳곳을 수색 중입니다. 곧 결과가 나오겠지요."

※

황궁 한복판에서 제국의 황자가 쥐도 새도 모르게 실종되었다.

이런 엄청난 사건은 아무리 쉬쉬하려 해도 감춰질 수 있는 게 아니다.

수많은 기사들과 병사들이 도시를 샅샅이 뒤지고 있는데 어떻게 숨길 수 있겠는가?

제도의 시민들은 참으로 귀신이 곡할 노릇이라며 수군거렸다.

그래서 더더욱 사교도들 짓일 거란 소문이 돌았다.

아주 근거 없는 추측인 것만은 아니었다. 귀신이 곡하게 만드는 것도 따져 보면 사령술이긴 하잖아?

그렇게 사흘이 지났다.

"엘리엇 황자님을 찾았답니다."

집사의 보고에 드렐타인이 흥미를 보였다.

"드디어 범인을 잡았나?"

"그건 아닙니다."

"그게 무슨 소리인가? 황자를 찾았다며?"

"네."

도무지 이해가 안 간다는 표정으로 집사가 말을 이었다.

"황자님께서 그냥 나타나셨답니다."

"……뭐?"

제국의 유서 깊은 귀족이자 황실의 문관이기도 한 파라만 백작.

제도 외곽에 위치한 그의 저택에서 갑자기 쓰러진 엘리엇 황자가 발견된 것이다.

황실에서 일하는 만큼 황족들과도 안면이 있는 파라만 백작이었다. 바로 상대를 알아볼 수 있었다.

기겁하여 황자를 챙긴 뒤 제국 기사단에 연락을 취했다.

"다행히 엘리엇 황자님은 무사하시다더군요."

안색이 수척하긴 했지만 딱히 아프거나 한 곳은 없었다고 한다.

보고를 듣는 드렐타인의 표정이 기묘해졌다.

"그러니까, 사흘 전 사라진 황자가 멀쩡하게 다시 나타났다는 소리인가?"

"네."

"무슨 저주나 세뇌 같은 게 걸린 것도 아니고?"

"네, 철저히 확인해 보았다고 합니다."

"설마 엘리엇 황자께서 가출이라도 하신 건가?"

"그건 확실히 아닙니다."

분명히 황자는 납치되었다.

정신을 차려 보니 창문 없는 방에 갇혀 있었고, 그 누구도 만나지 못한 채 사흘을 보냈다고 한다.

밖이 보이지 않고 소리도 들리지 않는 곳이었다. 나오는 식사조차도 어디서나 구할 수 있는 흔한 빵과 수프가 전부.

누구 짓인지, 갇힌 곳이 어디인지 짐작할 만한 단서가 전혀 없었다.

그렇게 사흘을 갇혀 있다가 도로 정신을 잃고, 다시 깨어나 보니 파라만 백작 앞이었다는 모양이다.

"기껏 황자를 납치해 놓고 아무 짓도 안 하고 돌려보냈다는 소린가, 그럼?"

"예, 가주님."

어이없어하며 드렐타인이 고개를 저었다.

"대체 무슨 일인지 모르겠군, 이거."

하여튼 황자가 돌아온 덕분에 황궁은 일단 안도했다.

하지만 당연히 그냥 넘어가진 않았다.

범인을 찾기 위해 제도 수색을 더더욱 강화하고 단서를 추적해 갔다. 황궁 경계 태세도 더욱 철저히 행했다.

이 사태에 드렐타인이 직접적으로 영향을 받은 것은 없었다. 황실 호위는 그의 책임 범위 밖의 일이었으니까.

그렇게 이레가 지난 뒤.

평소처럼 연무장에서 수련 중이던 드렐타인을 집사가 찾았다.

"저기, 가주님?"

어째 집사의 표정이 묘해 보여 드렐타인은 의아해했다.

"무슨 일인가?"

"방금 황궁 쪽에서 들어온 소식입니다만……."

머뭇거리더니 집사가 입을 열었다.

"제2황자께서 납치되셨습니다."

"……엥?"

＊

올해로 17살이 된 제국의 제2황자 크릴튼.

그 역시 엘리엇 황자와 비슷한 상황이었다.

평소처럼 황궁에서 생활하고 잠들었는데, 다음 날 아침 사라졌다.

침대 위에 쪽지가 남아 있는 것도 똑같았다.

다만, 이번엔 내용이 조금 달랐다.

『황자의 목숨이 아깝지 않은 모양이구나. 경거망동해도 좋다.』

제국 기사단장, 실버 나이트 체펠른 경은 분노를 터트렸다.

"뭘 어쩌라는 거야, 도대체!"

밤잠도 못 자고 제도를 수색하며 범인 색출에 전력을 다했다. 슬프게도 성과는 없었지만.

더욱 사람 미치게 만드는 건 사흘 뒤에 벌어진 일이었다.

제도 외곽의 한 문관 저택에서 크릴튼 황자가 발견되었다.

사태의 결말조차도 엘리엇 황자와 똑같았던 것이다.

그 역시 정체 모를 장소에서, 정체 모를 이들에게 감금되어 있다가 풀려났다고 했다.

제국 황제, 고트프리드 2세는 그야말로 불같은 분노를 터트렸다.

"어떻게 제국의 심장에서 감히 이런 일이 벌어질 수 있단 말이냐!"

문제점을 찾기 위해 모든 인력이 총동원되었다.

제국 마탑 역시 마찬가지였다.

엘레자르야 워낙 거물이니 황제의 분노에서도 자유롭지만, 그녀 휘하의 마법사들은 총동원되어 밤잠도 못 자고 황궁 결계의 허점을 샅샅이 점검해야만 했다.

그렇게 1주일이 흘렀다.

황궁은 긴장했다.

3 다음에 2라면, 2 다음에는?

"황태자의 경비를 2배, 아니 3배로 늘려라!"

사흘이 더 지났다.

황태자는 아직 무사했다. 적어도 3황자와 2황자 때의 납치 패턴에서는 벗어났다는 의미다.

하지만 경계를 풀 순 없었다.

1주일이 지났다고 범인이 포기한다는 보장이 어디 있단 말인가? 어쩌면 지금도 경계 태세가 허술해지기만을 기다리고 있을지도 모르는데.

"결국, 범인을 잡기 전까진 황태자도 갑갑한 생활을 이어 갈 수밖에 없겠더군요."

오랜만에 마탑을 찾아온 드렐타인에게 차를 건네며 엘레자르가 쓴웃음을 지었다.

차를 받아 들며 드렐타인이 물었다.

"이 사태에 대해 어떻게 생각하나?"

"전혀 모르겠어요. 하지만 이번 사태로 인해 알게 된 부분은 있군요."

엘레자르가 어깨를 으쓱였다.

"3황자나 2황자를 납치하는 건, 황궁 방어 결계 구조를 아는 이라면 의외로 그리 어렵지 않았을 것이라는 점."

제국의 정점인 황제, 혹은 후계자인 황태자가 거주하는 중앙궁의 방어 결계는 확실히 강력하다.

설령 엘레자르 본인이 나서더라도 이렇게 흔적 없이 누군가를 납치하는 건 불가능할 정도로.

그렇지만 상대적으로 중요도가 떨어지는 2황자나 3황자는?

"생각보다 허점이 많더라고요."

게다가 납치한 황자들을 반품(?)할 때는 황궁이 아니라 그냥 황족 얼굴을 아는 귀족가에 풀어놓았다.

귀족가를 몰래 들어가는 정도는, 사실 숙련된 도둑이면 의외로 어렵지 않다.

"저지른 짓의 중대함과 달리, 그렇게까지 말도 안 되는 짓을 저지른 건 아니라는 거죠."

3황자와 2황자를 연속으로 납치해 마치 황태자와 황제도 위기에 빠진 것 같은 느낌을 주긴 했지만, 실제 범행 난이도는 그리 높지 않은 것이다.

문제는 방법이 아니라 이유였다.

"대체 누가, 무슨 의도로 이런 짓을 저지른 걸까요?"

이 사건으로 바뀐 거라곤, 황궁 경비 태세에 미처 몰랐던 허점이 있었다는 사실을 확인했다는 점뿐.

어찌 보면 황실 좋은 일을 해 줬다고 봐도 무방하다.

정말이지 이해가 가지 않았다.

황자들을 잡았다 풀어 주는 게 대체 무슨 의미가 있단 말인가?

열흘이 더 지났다.

제국 북쪽에서 놀라운 소식이 들려왔다.

－반역자, 디오그레스 콜론이 다시 나타났습니다!

엘레자르와 드렐타인에 의해 모습을 감췄던 그가 여명탑
으로 돌아온 것이다.

귀환하자마자 디오그레스는 여명탑을 재장악하고 인근 영
지까지 모조리 자신의 휘하 세력으로 되돌렸다.

여명탑에 제국군 일부가 주둔해 있긴 했지만 의미는 없었
다.

10서클의 마법을 구사하는 대마법사의 권능 앞에 그 정도
병력 따윈 어차피 추풍낙엽이나 마찬가지였다.

여명탑을 재장악한 디오그레스 콜론은 제국을 향해 당당
히 선포했다.

－위대한 라케아니아의 군주께 아뢰옵니다. 이 몸을 사교
도라 몰았던 엘레자르와 드렐타인이야말로 진정한 검은 신
의 교도들! 제국에 충성을 바치는 이로서 전력을 다해 저들
을 몰아내고 제국을 구하겠나이다!

빼도 박도 못하고 반역 선언이었다.

원래 국가 전복하는 놈들 대부분의 명분이 '폐하의 곁에서 눈과 귀를 가리는 간신들을 벌하고 나라를 바로 세우겠다!'가 아니던가?

일단 저런 식으로 진군한 다음 황궁 정복하고 나서 '어머, 실수! 난전 중에 황제 폐하께서 돌아가셨네?'로 끝나는 것이 전형적인 왕조 전복의 역사다.

엘레자르와 드렐타인은 곧바로 군사를 일으켜 반역자를 처단하겠다 나섰다.

예전에도 한 번 했던 일이니 상황 역시 그때와 비슷하게 흘러갔다.

문제를 깨달은 건, 황제의 윤허를 얻고 두 사람이 군사를 모을 때부터였다.

"잠깐, 제국 기사단이 이번엔 못 움직인다고?"

황자들의 납치 사건으로 인해 제도 수색 및 범인 색출에 전력을 다하고 있다.

"제국 1대대도 못 움직이고요?"

황자들의 납치 사건으로 인해 강화된 황궁 경비에 죄다 투입되었다.

"심지어 제국 마탑의 마법사도 절반이 발이 묶였어?"

황궁 방어 결계 재정비하느라 지금은 손을 뗄 수 없다고 한다.

그제야 엘레자르와 드렐타인은 황자 납치가 무슨 의미를 가지는지 알았다.

분명히 이전과 똑같이 디오그레스 콜론을 상대하려 움직이고 있는데…….

"전력이 절반으로 줄어 버렸네요?"

카르나크는 싱글벙글 웃었다.

"어때? 이 정도면 진짜 잘한 거 맞지 않냐?"

으스대는 그를 보며 세라티는 눈을 깜빡거렸다.

죄 없는 어린애들을 납치, 감금했으니 도저히 잘했다고 할 순 없을 것 같다.

하지만 아무 해코지도 하지 않고 몸성히 되돌려 보내 주었다. 그리고 그 결과 적의 전력을 대폭 줄였다.

이건 진짜로 잘한 거 아닐까?

'슬슬 나도 헷갈리네, 이거.'

라케아니아 제국 북부, 여명의 탑.

제도로부터의 소식을 전해 들은 카르나크는 빙그레 웃었

다.

"역시 서치 블랙이 이런 건 잘해."

엘레자르와 드렐타인이 출진했다.

예전 여명탑을 공격할 때의 절반밖에 안 되는 병력을 이끌고.

전부 2명의 황자를 제때 납치하고 제때 돌려보낸 덕분이다.

"하긴, 자물쇠 만든 사람이 문 따는 법까지 다 알려 줬는데 못해도 문제지만."

황궁 마법 방어 결계는 제국 마탑과 여명탑이 함께 만들어낸 물건이었다.

그런데 디오그레스 콜론은 저 여명탑의 주인.

본인이 결계에 대해 빠삭하게 알고 있으니 가장 확실한 허점을 데스테란에게 알려 줄 수 있었던 것이다.

서치 블랙 같은 전문가(?)가 이 정도로 확실한 정보까지 손에 넣었다면 일개 황자 1~2명 정도 납치하는 건 그리 어려운 일이 아니다.

"뭐, 여기까지가 한계겠지만."

황태자나 황제까지 납치하는 건 절대 불가능했다.

아니, 그건 사고 치기 전에도 애초에 어림없는 짓이었다.

하지만 사람 심리라는 것이 묘해서, 이런 일이 연달아 벌어지면 황태자나 황제까지도 위험에 처했다는 착각을 일으키게 되는 것이다.

세라티가 문득 생각났다는 듯 물었다.

"그러고 보니 디오그레스 공이 용케 황자 납치 계획을 찬성했군요?"

지금이야 어쩌다 보니 황혼교와 함께 움직이고 있지만 사실 디오그레스는 황실에 아무런 유감이 없다. 여전히 제국의 충신이다.

"그런 그가 제국 황족이 위험해질 일에 가담할 줄은 몰랐어요."

카르나크가 고개를 끄덕였다.

"그래서 미리 세라티에게 검수를 받은 거잖아."

무려 지상 최강의 마법사 중 1명과 같이 있는데, 사령술을 쓰는 것까지야 어떻게든 넘어갔다 해도 진짜 사악한 일을 해 버리면 곤란하다.

그런데 예전부터 그랬듯 카르나크는 어디까지가 '진짜' 사악한 일인지 구별하지 못한다.

"세라티가 문제없다고 느낄 정도면 디오그레스도 납득할 테니까."

"딱히 사람답게 살겠다는 이유만은 아니었군요."

세라티는 실소했다.

"어쩐 일로 카르나크 님이 이렇게 멀쩡한 계획을 세우나 했어요."

"예전엔 이럴 필요 없었는데 말이지. 역시 착한 사람들이랑 편먹고 움직이자니 피곤하더라."

"그런 이유라면 악당들과 일하는 게 오히려 더 피곤하지 않나요? 서로 신뢰할 수 없을 텐데."

무슨 말도 안 되는 소리냐며 카르나크가 반박했다.

"악당들이야말로 신뢰할 수 있지! 뚜껑 열고 세뇌하면 되는데."

"아, 예……."

세라티는 반성했다.

물어본 자신이 바보였다.

이후 데스테란은 먼저 제도로 돌아가 서치 블랙을 움직여 황자 납치 계획을 시행했다. 그동안 디오그레스와 카르나크 일행도 여명탑으로 향했다.

평소와 달리 쾌적한 여행은 포기했다.

제국 쪽 황혼교 루트를 이용해 수시로 말을 바꿔 타며 최단 거리, 최단 시간 내에 대륙을 가로질렀다.

덕분에 보름 만에 여명탑이 위치한 지방에 도달할 수 있었다.

여명탑을 재장악하는 건 그리 어렵지 않았다.

여명탑의 마법사들 대부분은 여전히 디오그레스의 편이었다.

아무리 제국이 디오그레스를 사교도라 우겨도 그걸 믿는

마법사는 거의 없었던 것이다.

딱히 디오그레스의 인품이 훌륭해서는 아니었다.

-디오그레스 님이 검은 신의 교도라고?

-뭔 헛소리야?

-1년 내내 탑에만 처박혀 사는 양반이 언제 사교를 믿으러 다닐 시간이 있었다고?

탑에는 감시를 위해 엘레자르가 배치한 제국 마탑 측 마법사들이 남아 있었다.

내부의 협력을 받아 이들을 깔끔히 일소한 뒤 디오그레스는 자신이 다시 여명탑주가 되었음을 제국에 알렸다.

그때가 납치된 2황자가 다시 돌아온 후이니, 타이밍도 제법 적절했다.

모든 사전 준비가 끝났으니 이제 남은 것은 여명탑을 기점으로 엘레자르, 드렐타인을 처단하는 것뿐!

이런 디오그레스의 의견에 카르나크는 곧바로 반대 의견을 표했다.

-저들과 전쟁을 해서는 안 됩니다.

-그게 무슨 소린가? 우리, 전쟁하러 여기까지 온 것 아니었나?

─그렇긴 한데 의미가 좀 다르다는 겁니다.

다행히 사전 작업이 잘 먹혀 저쪽 전력을 절반 가까이 줄일 수 있었다. 하지만, 그럼에도 여전히 저쪽 전력이 이쪽보다 월등히 높다.

그러니까 전력이 반 토막 났음에도 불구하고 엘레자르와 드렐타인이 그냥 출진한 것이다.

승산이 없다고 생각했다면 시간을 소모해서라도 좀 더 군세를 모았겠지.

"제국을 적으로 삼으면 안 돼."

탑 창문을 통해 바깥 하늘을 바라보며 카르나크가 진지한 목소리를 흘렸다.

"어디까지나 엘레자르와 드렐타인만 적으로 삼아야지."

＊

광활한 들판을 가로지르는 라케아니아 북부 관도.

3천의 병력이 길을 따라 행군하고 있었다. 엘레자르와 드렐타인이 이끄는 2차 여명탑 징벌군이었다.

말 머리를 나란히 한 채 두 사람이 대화를 나눈다.

"전력이 줄어든 게 마냥 나쁜 것만도 아니네요."

"덕분에 기동성은 더 올라갔으니 말일세."

원래대로라면 열흘은 걸릴 거리였다. 그게 닷새로 줄었다.

"생각해 보면 1차 때 불필요하게 과한 병력을 동원한 감이 없지 않군."

사실 지금의 전력만으로도 여명탑을 제압하는 데는 충분했다.

1차 징벌 때의 전투로 인해 탑의 방호 결계는 절반 이상 파괴되었다.

"아무리 디오그레스라도 이 짧은 시간에 그걸 전부 복구하진 못해요."

동급의 마법사이기에 확신할 수 있는 문제였다.

엘레자르에게 불가능한 건, 디오그레스에게도 불가능하다.

"그러니 여명탑의 마법 방어를 상대하는 건 별문제 없어요. 내 레플리카 타워는 아직 건재하니까."

그녀의 마탑, 플래티넘 타워를 복제한 레플리카 타워는 현재 여명탑 근처의 인적 없는 황야에 몰래 숨겨 둔 상태였다. 혹여 디오그레스가 힘을 되찾고 여명탑으로 귀환할 때를 대비한 것이다.

뭐, 그게 아니더라도 예산과 인력 문제로 거기 놔둘 수밖에 없었지만.

드렐타인이 실소를 흘렸다.

"그렇겠지. 어떻게 그걸 끌고 도로 제도로 돌아가겠나?"

반면 여명탑까지 끌고 가는 데는 반나절이면 족하다. 충분히 써먹을 수 있다.

엘레자르가 말을 이었다.

"게다가 그에겐 더 이상 지팡이도 없죠."

여명탑주의 신물이자 디오그레스 콜론의 애병, 새벽너울의 지팡이는 현재 그녀가 소유하고 있었다.

저번 전투에서 디오그레스를 쓰러뜨리고 무기부터 빼앗은 것이다.

물론 저 지팡이가 없다고 디오그레스가 10서클 마법을 못 쓰는 건 아니다.

하지만 아무래도 시전 속도라든가 주문 정확성 등에서 조금은 손색이 있을 수밖에 없다.

그리고 그 '조금'이야말로 동급의 상대와 싸울 때 승패를 가르는 결정적인 요인이 되는 법이지.

이렇듯, 따져 보면 디오그레스는 딱히 전보다 상황이 유리해진 게 없었다.

그렇다면 대체 뭘 믿고 다시 모습을 드러낸 걸까?

드렐타인은 그 이유를 짐작하고 있었다.

"서치 블랙이겠지."

이유를 몰라서 그렇지, 정황을 보건대 데스테란이 디오그레스와 손을 잡았다는 점만은 명백하다.

"황자를 납치하겠다는 어처구니없는 생각을 한 것도 데스테란일 테고."

"설마 이 시대의 디오그레스가 그런 생각을 했을까요?"

대꾸하던 엘레자르가 문득 웃었다.

"아니, 어쩌면 카르나크 그자의 짓일지도 모르겠군요."

"확실히 그놈들도 만만치 않긴 해."

벌써 몇 번이나 교단의 행보를 방해하고, 심지어 제덱스까지 잃게 만든 놈들이다.

제국을 결코 떠나선 안 된다는 테스라낙의 엄명이 없었다면 진작 7왕국으로 건너가 처리했을 것이다.

"그놈들도 디오그레스와 함께 있겠지? 잘됐군. 이 기회에 함께 정리할 수 있겠어."

"조심해요. 저래 봬도 무왕을 물리친 자들이니까요."

무왕 갤러드에 빙의한 미래의 레번 스트라우스, 현시대의 무왕 벨티아 크로테움마저 카르나크 일당에게 패배해 물러나야 했다.

같은 무왕인 드렐타인이 불쾌한 표정을 지었다.

"둘 다 제 실력으로 물리친 게 아니지 않나?"

"그렇다고 저들의 기량을 과소평가할 필요도 없죠."

놈들은 틀림없이 만만찮은 상대이다. 그런 이들까지 디오그레스와 손을 잡았다.

충분히 승산이 있다고 여길 만한 전력인 것이다.

그럼에도 불구하고 엘레자르와 드렐타인은 여전히 태평한

표정이었다.

이유가 있었다.

자, 이들은 대체 카르나크 일행이 무왕 벨티아를 물리쳤다는 사실을 어떻게 알고 있을까?

누군가가 말해 주기 전에는 알 수 없는 일인데.

그 누군가가 지금 행군 대열에서 조금 떨어진 채 걸음을 옮기고 있었다.

가슴팍에 장검 한 자루를 인형처럼 껴안은 채, 마치 미친 사람처럼 연신 똑같은 독백을 반복하는 평범한 인상의 40대 아낙이었다.

"죽인다, 카르나크……. 반드시 죽인다……."

✻

2차 여명탑 징벌군은 사흘을 더 행군했다. 그리고 드디어 목적지를 하루 앞둔 거리까지 도달했다.

잠시 행군을 멈추고 드렐타인은 여명탑 정찰부터 보냈다. 군을 부리는 이라면 상식으로 행해야 하는 일이었다.

정찰대는 무사히 여명탑과 그 주위를 샅샅이 파악한 뒤 돌아왔다.

기이한 것은 정찰을 다녀온 이들의 반응이었다.

"저기, 드렐타인 각하……."

말을 못 잇는 정찰대장을 보며 드렐타인이 채근했다.

"대체 왜 그러나? 보고를 하라니까!"

"그, 그것이……."

한참 후에야 대장은 다음 말을 이을 수 있었다.

"여명탑이 텅 비었습니다."

황야 한복판에 우뚝 솟은 검푸른 여명의 탑.

탑을 올려다보며 엘레자르의 부관이자 제자, 9서클의 론 체스터가 중얼거렸다.

"정말 탑을 버리고 떠났군."

도무지 이해가 가지 않는 일이었다.

마법사에게 있어 마탑이란 단순한 보금자리가 아니다. 그 자체로 강력한 무기이자 방패이며 갑옷이다.

그걸 그냥 버렸다고? 이제 곧 전쟁을 앞둔 디오그레스가?

"혹시 이대로 도주할 생각인 걸까요?"

대마법사의 또 다른 제자, 8서클의 라체테가 고개를 저었다.

"그럴 거면 애초에 모습을 드러내지도 않았겠죠. 왜 굳이 제국에 선포를 한 뒤에 도망간단 말입니까?"

혼란에 빠진 부하들과 달리 엘레자르와 드렐타인은 딱히

당황한 표정이 아니었다.

그저 신기해하는 눈으로 텅 빈 여명탑을 이모저모 살필 뿐.

"무슨 수작인지는 알겠는데요……."

"이건 이 시대의 디오그레스가 할 법한 짓이 아닌데?"

반면 이들이 기억하는 미래의 디오그레스는 자주 하던 짓이었다.

아니, 비단 그뿐만 아니라 엘레자르와 드렐타인도 마찬가지였다.

"사령왕 시절의 테스라낙 님이 즐기시던 수법이 아닌가, 이건?"

도주, 은닉, 뒤치기, 함정 파기, 매복과 기습.

테스라낙에게 종속된 뒤론 디오그레스나 엘레자르, 드렐타인도 그의 수법을 자주 따라 하곤 했었다.

양심이나 도덕, 명분 같은 것만 무시한다면 참으로 효율적이고 합리적인 수법이긴 했으니까.

"너무 익숙해서 반갑기까지 하네요."

혀를 차며 엘레자르는 탑 반대편 황야를 바라보았다.

황야 건너 지평선 너머로 구름이 깔린 거대한 산맥이 보인다.

제국 북부와 동부를 가르는 대산맥, 펠란티아였다. 이동한 흔적을 보건대 디오그레스와 여명탑의 세력은 저 산맥으로 향했다.

저렇게 산세가 험한 곳을 일부러 찾았다면 이유는 하나뿐이다.

"죽어도 전면전은 안 하겠다는 소리죠."

인간이 이동할 땐 상상 이상으로 많은 흔적이 남는다.

크레타스 기사단이 적의 자취를 추적해 디오그레스와 그의 군세가 향한 곳을 찾았다.

과연 그들은 엘레자르의 예상대로 펠란티아 산맥으로 향하고 있었다.

또한 그 과정에서 대략적인 전력도 파악해 냈다.

총병력은 천에서 천백 정도. 여명탑의 마법사가 100명 안팎이니 일반병이 천 명 정도이리라.

크레타스 기사단 2대대장 에티얼 경이 물었다.

"오러 유저도 있을까?"

3대대를 맡고 있는 랄스 경이 고개를 저었다.

"여명탑에 소속된 오러 유저는 따로 없겠지."

마탑은 어디까지나 학술 기관. 영지를 지닌 귀족이 아니므로 공식적으론 기사를 서임할 수 없다.

일반 병사는 고용할 수 있어도 기사를 거느릴 수는 없다는 소리다.

그리고 대부분의 오러 유저는 기사 작위를 지니고 있다.

세라티의 경우처럼, 평민 출신이라도 일단 오러만 각성하면 사방에서 작위 주겠다며 스카우트 제의를 해 오니까.

지독한 범죄자가 아닌 이상은 어렵지 않게 기사가 될 수 있고 그걸 마다하는 인간은 거의 없다.

그래서 대마법사인 엘레자르도 직속 오러 유저는 두지 않고, 대신 드렐타인의 크레타스 기사단과 함께 움직이는 것이다.

"하지만 서치 블랙이 있지 않나? 그쪽에도 만만찮은 작자들이 많아."

랄스 경의 말에 에티얼이 고개를 끄덕였다.

"데스테란 경은 무조건 있을 거고, 조란과 빅토르도 있겠군."

"어쩌면 프레드릭과 마틴도."

서치 블랙은 황도를 중심으로 암약하는 범죄 집단. 마찬가지로 제도에 거하는 크레타스 기사단과는 오랫동안 충돌이 잦았다. 그런 만큼 서로에 대해서도 잘 알고 있었다.

랄스 경이 혀를 내둘렀다.

"그 지겨운 작자들을 이런 변경에서 또 상대하게 될 줄은 몰랐는데."

2차 여명탑 정벌군은 펠란티아 산맥을 향해 행군 방향을 바꿨다.

3천의 군세가 황량한 광야를 따라 질서 정연하게 나아간다.

대열의 초입부에서 말을 몰던 한 30대 중반의 기사가 장난스러운 표정으로 말했다.

"따지고 보면 우리, 여명탑은 이미 정벌했잖아? 그런데도 여전히 여명탑 정벌군인가?"

크레타스 기사단 4대대장, 블루 나이트 말턴 경이었다.

부하 기사가 어깨를 으쓱였다.

"한번 정한 명칭은 군사작전이 끝나기 전까진 못 바꾸니까 말입니다."

"하긴 그렇지."

말턴은 다시 시선을 돌렸다.

"처음엔 군이 여명탑을 버린 이유를 이해 못 했는데……."

그의 시선이 황야 너머, 구름 사이로 아스라이 보이는 펠란티아 산맥으로 향한다.

"의외로 디오그레스 공에겐 나쁘지 않은 선택일지도 모르겠어."

일단 엘레자르의 레플리카 타워가 무력화되었다.

평지인 여명탑까지야 끌고 올 수 있었지만, 이걸 또 산맥 위쪽까지 끌고 간다?

그냥 물리적으로 불가능하다.

그래서 아쉽지만 원래 숨겨 놓았던 장소에 도로 갖다 놓는 수밖에 없었다.

자신의 마탑을 포기함으로써 이쪽의 마탑도 못 쓰게 만든 것이다.

디오그레스 쪽 전력이 크게 하락한 건 아니란 소리다.

"이럴 줄 알았으면 처음부터 옮기지나 말든가. 덕분에 공병들만 고생했잖아? 이래서 윗대가리들은 아랫것들 심정을 몰라요."

부하 기사가 한쪽 눈을 치켜떴다.

"그러는 말턴 대장도 윗대가리 쪽 아닙니까?"

"난 따지고 보면 중간 관리직이지! 양쪽에 끼어서 괴롭다고."

하나도 괴롭지 않은 표정으로 너스레를 떤 뒤 말턴이 산맥을 가리켰다.

"저기 올라가면 윗대가리 쪽이 되겠지만."

얼핏 뜬금없는 소리 같지만 부하 기사는 바로 이해했다.

평지에서 3천이라는 병력은 그리 많은 숫자가 아니다. 충분히 대열을 꾸려서 운용이 가능하다.

하지만 험준한 산속에서는 이야기가 달라진다.

어쩔 수 없이 대대 단위로 부대를 나눌 수밖에 없고, 말턴도 그 부대 중 하나를 맡게 되리라.

찜찜한 듯 말턴이 구시렁거렸다.

"각개격파 당하기 딱 좋은 구도잖아, 이거."

엘레자르와 드렐타인 역시 디오그레스의 속내를 충분히 파악하고 있었다.

다만, 둘의 생각은 말턴 경과는 조금 달랐다.

"이건 테스라낙 님이 펼칠 때나 쓸모 있는 전술 아니었나?"

"현 상황에서 디오그레스가 쓰기엔 좀 애매하긴 하죠."

세상일 대부분은 장단점이 있다. 당장 각개격파만 해도 그렇다.

이는 잘만 하면 소수의 전력으로 다수의 적을 깨부술 수 있지만, 조금만 운용에 실패해도 포위 섬멸당하기 딱 좋다.

사령술사가 다루는 언데드 군세는 이런 점에서 꽤나 유용했다.

명령을 내려 놓으면 지휘관의 의도를 거역하지 않고 단순명료하게 시키는 대로 움직이니까.

반면 살아 있는 병사들은?

"저 험한 산속에 병사들을 몰아넣고 과연 사기가 유지될까요?"

언데드 병사는 그냥 대충 땅바닥에 눕혀 놓기만 해도 아무 문제 없다. 눈을 맞건 비를 맞건 이슬이 덮이건, 불평불만 따위 나오지 않는다.

하지만 산 자들은 단순히 밥만 먹인다고 전투력을 유지할 수 있는 것이 아니다. 편안히 휴식을 취하고 잠을 청할 수 있는 거주 장소도 필요하다.

그런데 지금 디오그레스는, 여명탑이라는 편안한 거점을 포기하고 험준한 산속에 병사들을 처넣어 버렸다.

심지어 평범한 산속도 아닌, 온갖 강력한 마물들이 널려 있는 마경 펠란티아 산맥에.

시간이 흐를수록 사기는 바닥을 칠 것이다.

어쩌면 명령 불복종마저 일어날지 모르지.

유격전, 게릴라전술을 정규군이 함부로 쓰지 않는 데는 다 이유가 있는 것이다.

"병사들도 병사들이지만……."

엘레자르가 고개를 저었다.

"마탑에서 편하게만 살아온 마법사들이 산속에서 노숙하면서 멀쩡히 전투력을 보존할 수 있을까요? 난 무리라고 보는데."

엿새 뒤, 2차 여명탑 정벌군은 펠란티아 산맥 내부로 진입 했다.

과연 디오그레스의 군세는 전형적인 유격 전술로 나왔다. 산맥 초입에 진을 치자마자 바로 야습을 걸어온 것이다.

어둠이 깔린 산간 지역, 한 줄기 불덩이가 밤하늘을 가른 다.

휘이이잉……!

불덩이가 진지 한편을 강타했다.

밤의 침묵을 깨고 폭발음이 울렸다.

콰아아앙!

이후 수십 개의 불덩이가 뒤를 이었다.

화염계 마법, 파이어볼이었다.

정벌군 야영지 곳곳에서 검은 연기가 피어올랐다.

하지만 연기는 이내 사그라졌다. 제국 마탑의 마법사들이 기다렸다는 듯 대응 주문을 외운 것이다.

"펼쳐져라, 물의 장벽이여, 아쿠아 월!"

"내리는 빗물이 대지를 적신다! 레인 오브 갈란트로스!"

순식간에 불길이 잡히며 병사들이 뛰쳐나왔다.

"습격이다!"

"전투준비!"

놀라울 정도로 빠른 대응이었다.

병사들 역시 모두 무장한 상태에 마법사들의 반응도 즉각적, 미리 대비하지 않았다면 결코 나올 수 없는 움직임이다.

크레타스 2대대장, 에티얼 경이 투기검을 뽑아 들며 외쳤다.

"저쪽이다!"

"추격하라!"

앞장선 오러 유저들이 일제히 숲속으로 뛰어들었다.

이내 그들의 눈앞에 열심히 숲 반대편으로 도주하는 무리가 보였다.

파이어볼을 날린 여명탑의 마법사들이었다.

"흥!"

"멋대로 치고 빠지려고?"

아무래도 기동력은 마법사보단 오러 유저가 훨씬 위다.

순식간에 크레타스 기사단이 여명탑의 마법사들을 따라잡았다.

그때였다. 좌측에 한 무리의 검사들이 연달아 모습을 드러낸다.

"이봐!"

"약해 빠진 마법사들은 내버려두고 우리랑 놀자고!"

통일된 복장을 한 크레타스 기사단과는 달리 다들 갑옷 형태가 중구난방이었다.

하지만 공통점도 있었다.

모두가 손에 찬란한 빛의 검을 쥐고 있다는 것.

저들 역시 전원 오러 유저인 것이다.

"오랜만이구나, 말턴!"

얼굴에 길게 칼자국이 난 40대 사내가 푸른 투기검을 내려치며 살기 어린 외침을 토했다.

"네놈에게 당한 이 흉터가 아직도 쑤신다!"

데스테란의 심복 중 하나인 서치 블랙의 간부, 블루 나이트 프레드릭이었다.

험상궂은 상대의 얼굴을 보며 말턴도 투기검을 뽑아 맞섰다.

"그게 언제 적 이야기인데 아직도 쑤셔? 그냥 늙어서 그런 거 아니고?"

"그런지 어떤지는 네놈을 베어 보면 알겠지!"

둘의 오러는 백중지세였다. 충돌 순간 청색의 스파크가 사방으로 퍼져 나갔다.

파지지직!

다른 쪽도 상황은 비슷했다.

서치 블랙과 크레타스 기사단의 오러 유저들이 숲 곳곳에서 투기검을 발하며 전투를 벌인다.

"이번에야말로 네 모가지를 따 주마, 랄스!"

"내가 할 소리다, 조란!"

"무도한 죄인 주제에 어딜 감히 입을 놀리느냐!"

사방에서 오러와 오러가 충돌했다.

투기검이 부딪칠 때마다 어둠이 깃든 가지 사이로 찬란한 빛줄기가 연신 뻗어져 나왔다.

인간의 한계를 초월한 움직임이 계속 이어진다. 그때마다 붉고 푸른 파장이 수십 개의 동심원을 그린다.

두 무리의 힘이 맞붙을 때마다 나무가 부러지고 잎이 흩날리고 폭연이 피어올랐다.

숲 전체가 가공할 폭음과 빛의 춤으로 가득 차 있었다.

그 가공할 전투를 멈추게 한 것은 수십 줄기의 은빛 사슬이었다.

쇳소리와 함께 오러 사슬이 양쪽의 격돌 사이를 내리친다.

차르르륵!

사슬의 주인을 본 크레타스 기사 1명이 고함을 질렀다.

"데스테란이다!"

수하들을 향해 데스테란이 외침을 터트렸다.

"기습 실패다! 다들 튀어!"

기다렸다는 듯 서치 블랙의 오러 유저들이 숲 저편으로 몸을 날리기 시작했다.

흥분한 크레타스 기사단이 막 뒤를 쫓으려던 차였다.

굵직한 목소리가 이들을 만류했다.

"전원, 진지로 복귀하라."

고집스러운 인상을 지닌 40대 중반의 건장한 사내, 크레타스 기사단의 부단장이자 드렐타인의 최측근이기도 한 실버 나이트 마그너스였다.

"각하께서 이미 말씀하시지 않았나?"

차분히 전열을 정비하며 그가 냉정히 말을 이었다.

"놈들의 의도대로 따라가 줄 필요는 전혀 없다고."

펠란티아 산맥에 들어선 후에도 드렐타인은 병력을 나누지 않았다. 좁은 산길, 협소한 대지임에도 불구하고 여전히 부대를 하나로 운용했다.

이렇게 하면 각개격파를 당할 위험은 없어지는 대신 기동성이 완전히 죽어 버린다. 디오그레스군이 기습을 해도 반격할 수 없게 된다는 소리다.

뭐, 상관없었다.

"애초에 쫓아갈 마음도 없거든."

산맥에 들어서기에 앞서 수하들에게 내린 명령이 있다.

습격을 당하면 방어만 굳히고 뒤쫓지 말라는 것.

상대의 목적이 뻔히 보이기에 내린 명령이었다.

유격전이란 건 적을 몰살시키기 위해 펼치는 것이 아니다. 어디까지나 적의 중추를 기습적으로 노리는 것이 목표다.

저거 말고는 사실 큰 쓸모도 없는 전술이다.

엘레자르나 드렐타인, 혹은 그 휘하의 진짜 강자들을 따로 빼내 각개격파 해야만 목적을 달성할 수 있다는 소리였다.

그런데 이걸 성공하려면 절대적인 조건이 하나 있다.

절대 거점을 파악당하지 않아야 한다는 것.

어디까지나 신출귀몰할 때에만 유격전은 효력을 발휘한다.

거점이 들통난다? 그 순간부터 이는 유격전이 아니라 그냥 산악 전투가 될 뿐이다.

과거, 아직 인류의 영웅으로 불리던 시절을 떠올리며 드렐타인은 쓴웃음을 지었다.

'테스라낙 님에게 이런 식으로 당할 땐 정말 대책이 없었지.'

언데드 군세는 병력이 아무리 많아도 거점이 따로 필요 없으니까.

언데드 다루는 사령술사들이 묵을 천막 몇 개만 있으면 그게 거점인데, 광활한 산맥 속에서 그걸 무슨 수로 찾겠는가?

차라리 건초 더미에서 바늘을 찾는 게 빠를 지경이다.

반면 지금은?

천 명이나 되는 '살아 있는' 병력이었다.

불만 피워도 그 수가 수십일 것이요, 숙영지라도 만들면 그 범위가 수백 미터에 달하리라.

펠란티아 산맥이 아무리 넓어도 이걸 숨길 방법은 없다. 너무 대규모니까.

마법을 쓰건 정찰대를 보내건, 어렵지 않게 찾을 수 있는 것이다.

"야전 야영은 길어 봐야 하루 이틀, 그 이상은 절대 사기를 유지할 수 없지."

턱을 매만지며 드렐타인은 히죽 웃었다.

"네놈들을 찾는 데 사흘이면 충분하다."

사흘이 지났다.

두 번의 기습이 더 있었다. 평소처럼 놈들을 막기만 하며 거점을 찾는 데 전력을 다했다.

그런데 뭔가 이상했다.

여전히 놈들의 숙영지를 찾을 수 없었던 것이다.

수색 능력이 부족해서일 리는 없다. 무려 천 명인데, 장님이 아니고서야 그걸 못 찾을까.

설마 10명, 20명 단위로 따로 은신해 있는 걸까? 그래서 못 찾는 것?

그럴 리가 있나?

10명 단위면 그 무리가 무려 100이고, 20명이라도 50이다. 이 역시 마찬가지로 규모가 너무 크니 눈에 안 띌 수가 없다.

도무지 이해가 안 가는 드렐타인이었다

"이놈들 대체 어디 있는 거야? 정말 맨땅에서 재우나?"

※

2차 여명탑 정벌군의 숙영지가 위치한 펠란티아 산맥 서부의 한 커다란 공터.

오늘도 정벌군은 정해진 일과를 맞이하고 있었다.

때만 되면 꼬박꼬박 찾아오는 디오그레스 군세의 기습이었다.

숲 저편에서 온갖 외침이 들려온다.

"파이어볼!"

"라이트닝 볼트!"

"전원, 사격 개시!"

정벌군 진지에서도 마찬가지로 고함이 터진다.

"또 습격이다!"

"아, 씨! 밥 좀 먹자!"

"반격! 반격!"

평소처럼 화살과 마법이 숙영지를 공격하고, 정벌군의 마법사들이 어렵지 않게 이를 막아 내며, 크레타스 기사단이 기습한 이들을 쫓아 숲 저편으로 나아갔다.

아름드리 거목이 울창한 침엽수림 곳곳에서 투기의 충돌이 터졌다.

"그래, 슬슬 올 줄 알았다!"

"왜? 다시 보니 반가운가?"

"암, 반갑지! 너무 반가워서 그 머리통을 잘라다 보관하고 싶을 정도다!"

서치 블랙의 간부들과 크레타스 기사단의 대대장들이 욕을 퍼부으며 상대의 목을 노린다.

다른 곳에서도 병사들과 마법사들의 교전이 이어진다.

상황을 살피던 데스테란이 혀를 찼다.

'오늘도 엘레자르나 드렐타인은 나서지 않는군.'

나서기만 하면 어떻게든 정해진 장소로 살살 끌고 가서 디오그레스와 독대하게 만들 텐데. 참 세상일이란 게 마음먹은 대로 되지 않는 것 같다.

'하긴, 그 정도도 못 알아챌 인간들은 아니지만.'

결국 오늘도 어제와 같은 상황으로 이어졌다.

서치 블랙 측은 어떻게든 숲 저편으로 유인하려 하고, 크레타스 기사단은 본진에서 쫓아내는 것 이상으로는 욕심을 부리지 않는다.

당연히 서로 딱히 큰 피해를 주지 못한 채 또 교전 종료.

후퇴하는 서치 블랙과 여명탑의 마법사들을 보며 크레타

스 기사단 말턴이 차갑게 뇌까렸다.

"그래, 지금은 도망가라. 네놈들의 본거지만 찾으면 그때 결판을 내 줄 테니까."

～✦～

야음을 틈타 한 무리의 군세가 산을 타고 오르고 있었다. 몇 시간 전, 여명탑 정벌군에 습격을 가한 데스테란의 군세였다.

산세 저편, 아스라이 보이는 정벌군의 숙영지 불빛을 살피며 서치 블랙의 간부 프레드릭이 데스테란에게 말했다.

"여전히 저쪽은 우리 은신처부터 찾을 생각인가 보네요."

"그렇겠지. 반대 입장이면 우리도 그랬을 테니."

"그런데 놈들이 찾을 수는 있을까요? 정말 상상도 못 한 곳일 텐데."

처음 카르나크에게 은신처를 소개받았을 때를 떠올리며 프레드릭이 혀를 내둘렀다.

"황도 뒷골목에서 산전수전 다 겪은 우리도 어이없어했잖습니까."

"슬슬 들통이 나긴 날 거다. 최대한 조심하긴 했지만, 그래도 꼬리가 길면 밟히는 법 아니냐?"

수풀을 헤치며 데스테란이 혀를 찼다.

"들통나도 별 상관없다는 점이 대단하지만."

얼마나 이동했을까?

행군하던 병력이 숲이 우거진 산자락 안쪽으로 모습을 감췄다. 정확히는 산자락에 놓인 커다란 암석군 사이였다.

바위와 바위 사이에 숨겨진 틈새는 의외로 제법 컸다. 그림자에 가려져 보이지 않을 뿐, 성인 남성 2명이 어깨를 맞대고 지나갈 수 있을 정도였다.

데스테란을 필두로 사람들이 차례로 안쪽으로 들어갔다.

좀 더 걸음을 옮기니 평범한 동굴이 점점 인위적인 공간으로 변했다.

이끼가 가득 낀 석벽이 어둠 저편까지 이어지고 있었다.

강한 습기와 기분 나쁜 사기, 탁기가 어우러진 통로가 미로처럼 복잡하게 뒤얽힌 곳이었다.

갑자기 기이한 소음이 모두의 귓가에 은은히 울렸다.

산 자여…….

죽음을 두려워하라…….

죽음 앞에 굴복하라…….

서치 블랙의 간부들이 혀를 찼다.

"아, 악령이다."

"참 적응 안 되네."

"벌써 세 번째 보는 건데도 나도 모르게 칼 꺼내고 싶어진다니까."

하지만 정작 검을 뽑는 이는 없었다. 악령이 나타난 석실 옆을 그냥 지나칠 뿐.

악령들이 우르르 이쪽으로 몰려왔다.

산 자여…….

죽음을 두려워하라…….

그리고 그냥 지나갔다.

하라……. 하라……. 하라…….

데스테란의 심복, 빅토르가 혀를 내둘렀다.

"하여튼 카르나크 공은 신기한 인간이군요. 나도 어지간히 상식 밖의 인간이라 자부하지만 던전에서 처자겠다는 생각은 차마 못 했는데."

～✳～

여명탑을 버리고 떠나기 사흘 전.

카르나크는 디오그레스와 앞으로의 계획에 대해 의논하고 있었다.

유격전은 거점이 발각되면 무용지물.

이는 디오그레스 콜론도 익히 아는 문제점이었다.

당연히 처음엔 카르나크의 제안을 거절했다.

"여명탑을 버릴 순 없네."

마법사는 머리를 쓰는 직종이다. 몸고생해 본 적이 별로 없는 족속들이란 소리다.

골방에 처박혀 살던 학자들을 험준한 산맥으로 내몰라고?

모닥불 크게 피우고 천막 제대로 친 다음 재워도 골병들기 십상이다.

하물며 유격전을 하려면 숙영지를 따로 만들 수도 없다. 대충 찬 바닥에 은신용 모포 한 장만 뒤집어쓰고 자야 한단 소리다.

"사흘만 지나도 다들 마법조차 못 쓸 정도로 정신력이 바닥이 날 걸세. 마법사들에게 대체 무슨 기대를 하는 건가?"

디오그레스의 항변을 카르나크는 깔끔하게 받아쳤다.

"그러니까, 편안하게 머무를 장소만 있으면 되는 것 아닙니까?"

그리고 소개한 장소가 바로 이곳이었다.

펠란티아 산맥 중턱에 위치한 오래된 던전, 휴스타스.

인류의 영역에서 지나치게 멀리 떨어져 있어 세인들은 존재조차 모르는 아득한 옛 고대 문명의 유적이었다.

당연히 디오그레스는 어이없어했다.

"지금 그게 제정신으로 하는 소린가? 던전을 요새로 삼자고?"

"예."

"지금 던전이 왜 던전인지 몰라서 하는 소리는 아니지?"

온갖 마물과 악령이 창궐하는 인세의 지옥이 바로 던전이다. 발 디디는 것만으로도 목숨을 보장할 수 없다는 소리다.

"그곳에 병사들을 집어넣겠다는 건가? 싸우기도 전에 자살을 하자고?"

여전히 카르나크는 태연했다.

"하지만 그 던전을 자신의 본거지로 삼는 인간들도 분명 존재하지 않습니까?"

사령술을 구사하는 검은 신의 교단은 오히려 저 강력한 사기와 탁기를 조작해 던전을 비밀 은신처로 삼곤 했다.

"그러니까, 그들은 사령술을 쓰니까 그럴 수 있는 것이고 우리는……."

말을 이으려다 말고 디오그레스는 카르나크의 표정을 보았다.

그는 일견 순진해 보일 정도로 싱글벙글 웃고 있었다.

"잠깐, 자네 설마?"

＊＊＊

데스테란의 말대로, 아무리 자취를 잘 감춰도 꼬리가 길면 결국은 밟히는 법이다.

발자국이며 기타 흔적을 열심히 지우긴 했지만 약간의 흔적은 어쩔 수 없이 남았다.

결국 2차 여명탑 정벌군은 그 자취를 추적해 디오그레스의 군세가 숨어 있는 은신처를 찾아내고야 말았다.

그래, 일단 찾기는 찾았는데…….

"여깁니다."

"정말?"

"예. 놈들의 흔적이 이 안쪽으로 향하고 있습니다."

정찰대원의 보고에 드렐타인은 한쪽 눈을 치켜떴다.

"디오그레스가 미쳤나?"

그것은 이름 모를 던전의 입구였다.

희미한 사기와 탁기가 흘러나오고 있으며 고대 유적의 흔적이 남아 있으니, 평범한 동굴 같은 게 아닌 것만은 틀림없었다.

엘레자르도 어처구니없다는 반응을 보였다.

"부하들을 던전 안에 처넣었다고요?"

사실 던전에 거주한다는 건 엘레자르나 드렐타인에겐 전혀 어색하지 않은 개념이다.

검은 신의 교단이 바로 이 짓거리를 하니까.

이곳에 이런 던전이 있다는 걸 몰라서 미처 예상을 못 했다 뿐이지, 사실 놀랄 이유는 없다.

무슨 수를 썼는지도 대충 짐작이 간다.

던전 내에 거하려면 사령술이 필수, 그런데 데스테란이 황혼교에 귀의했다는 소식을 벨티아를 통해 확인했다.

"황혼교 놈들도 사령술을 쓰니까…….."

"던전을 은신처로 삼는 것이 딱히 불가능할 건 없겠지만……."

이들이 황당해한 이유는 따로 있었다.

드렐타인이 입구를 이리저리 기웃거렸다.

"뭔데, 이거? 혹시 세간에 떠도는 헛소리를 진짜로 저지른 건 아니겠지?"

세간엔 '네가 부당하게 욕을 먹었다면 욕먹을 이유를 만들어 주어라!'라는 말이 떠돈다. 당장은 속 시원할지 몰라도 차후에 인생 꼬이기 딱 좋은 태도이기도 하다.

지금 디오그레스가 쓴 누명이 무엇인가?

바로 사교도라는, 검은 신의 교단과 손잡고 타락했다는 누명이다.

그런데 사령술의 힘을 빌려 던전을 차지했다고? 그리고 사교도들처럼 던전에 들어앉았어?

"부하들 다 떠나갈 게 뻔하지 않나, 이건."

당장 여명탑의 마법사들부터가 순순히 따를 리 없는 것이다.

부관 중 하나가 다른 의견을 냈다.

"혹시 던전의 마물들을 물리치고 그 자리를 차지한 게 아닐까요?"

던전을 싹 청소한 뒤 지하 요새로 삼은 게 아니냐는 의견이었다.

이건 얼핏 그럴듯해 보였다.

엘레자르는 여전히 납득하지 못했지만.

"우리랑 싸울 전력도 모자란 판국에 쓸데없는 전투를 늘렸을 것 같지는 않은데……."

그래도 이건 확인하면 파악할 수 있는 일이었다.

드렐타인이 부관에게 말했다.

"정찰대를 던전 내부로 보내게. 일단 상황을 살펴보면 알겠지."

놈들이 던전을 싹 청소했다면 악령이나 마물은 출몰하지 않는 진입 루트가 반드시 존재할 것이다.

명령대로 정예를 모아 정찰대가 투입되었다.

그리고 한나절 뒤.

"정찰 결과에 대해 보고드리겠습니다."

너덜너덜해진 정찰대가 본진으로 돌아왔다.

"악령들의 공격이 세 차례, 지하 마물들과의 조우가 두 차례 있었습니다. 일단 그 이상 진입하진 않고 돌아왔습니다."

"그러니까……."

드렐타인이 이마를 짚었다.

"악령도 마물도 멀쩡히 살고 있었단 말이지?"

"예."

"저쪽은 그냥 지나갔는데?"

"예."

"그럼 진짜로 던전을 조종하고 있다는 소리네?"

그렇지 않고서야, 악령이나 마물이 이쪽만 공격하고 저쪽은 내버려둘 리 없으니까.

던전 입구를 노려보며 드렐타인은 인상을 썼다.

"무슨 속셈인 거냐, 디오그레스……."

<hr />

희미한 마법의 불빛이 아른거리는 오래된 석조 통로.

로브 차림의 사내 셋이서 빠른 걸음으로 통로를 지나치고 있었다.

방금 전까지 악령과 마물을 조종해 침입자를 막아 낸 여명탑의 마법사들이었다.

악령과 마물을 조종했음에도 어째 표정에 거리낌이 없다.

그럴 만했다. 이들은 사령술을 쓴 것이 아니니까.

"카르나크 공의 마법은 정말 대단하군요."

"사법의 대속자뿐 아니라 이런 마법도 있었다니."

던전으로 들어가겠다는 소릴 들었을 때, 당연히 여명탑의 마법사들은 당혹했다.

개중엔 정말 디오그레스가 사교도와 손을 잡은 것이었냐며 의심의 눈초리를 보내기도 했다.

하지만 카르나크의 설명을 듣고 난 뒤 그럭저럭 납득할 수 있었다.

이미 세상에 널리 알려진 카르나크의 대사령술 전용 마법, 사법의 대속자.

하지만 그에겐 저 마법 말고도 사령술을 상대하는 강력한 수법이 더 있었던 것이다.

사법의 기만자와, 사법의 중개자였다.

―물론 사령술사처럼 직접적으로 악령이나 마물을 조종할 순 없습니다. 하지만 조종이 별겁니까? 놈들을 우리 뜻대로 움직일 수 있다면 그게 조종 아닙니까?

먼저 악령들 앞에 일부러 모습을 드러낸다. 산 자가 나타났으니 악령들은 당연히 치를 떨며 전력으로 쫓는다.

그렇게 악령들을 유인해 침입자들 근처까지 끌고 온 뒤 사법의 기만자를 펼치면?

여명탑의 마법사들은 악령들의 인식에서 사라져 버리고 침입자들만 남게 되지.

마물들 역시 마찬가지다.

마물들의 인식에서 모습을 감출 순 없지만, 악령과 마물을 서로 뒤엉키게 만든 뒤 몰래 빠져나가는 식으로 놈들의 움직임을 유도할 수 있다.

이렇게 하면 사령술을 쓰지 않고도 얼마든지 던전의 악령과 마물을 조종할 수 있게 되는 것이다.

카르나크의 작전은 실로 훌륭했다.

이 수법으로 고작 3명의 마법사가 오러 유저까지 포함된 서른이 넘는 침입자들을 멋지게 격퇴한 것이다. 그것도 이쪽은 피 한 방울 흘리지 않고!

마법사 2명이 순진하게 감탄하며 혀를 내둘렀다.

"정말 대단하시군, 카르나크 공은."

"어떻게 그런 어린 나이에 이런 높은 경지에 이르렀는지 모르겠어."

반면 뒤를 따르는 또 1명의 마법사는 어쩐지 탐탁지 않은 표정이었다.

'이래도 되는 건가 모르겠네.'

분명히 사령술을 쓰진 않았다.

하지만 결과적으로 악령과 마물을 조종한 건 똑같지 않나.

'사령술만 쓰지 않는다면, 사령술사랑 똑같은 짓을 해도 되는 건가?'

던전의 지배자

어둠의 심연 너머로 펼쳐진 미지의 공간.

깎아지른 듯한 석벽의 허물어진 회랑 사이로 한 무리의 군세가 진군하고 있었다.

숫자는 대략 50여 명, 날카로운 창칼과 두꺼운 갑주로 무장한 정예들이었다.

부드러운 이끼가 낀 돌바닥을 밟으며 계속 나아간다. 마법의 불빛이 어두운 길을 밝힌다.

한참을 그렇게 나아가니 커다란 공간이 나왔다. 파묻힌 지하 도시의 광장 같은 곳이었다.

반쯤 부서진 조각상들이 곳곳에 세워져 있고 허물어진 건물들이 일종의 기둥 역할을 해 거대한 동굴의 천장을 받치고 있었다.

병력을 이끄는 크레타스 기사단의 레드 나이트, 마르크 경은 인상을 썼다.

"느낌이 좋지 않군."

어쩐지 기묘한 한기가 느껴지는 것이다.

주위를 둘러보며 마르크 경이 명령을 내렸다.

"다들 사방을 경계하라!"

아니나 다를까, 곳곳에서 희미한 귀곡성이 울려 퍼졌다.

아아아아…….

아아아…….

동시에 무수한 그림자가 일어 올라 병사들을 에워쌌다.

창칼을 뽑아 들며 병사들이 이를 갈았다.

"역시 나왔나!"

"저주받을 악령들!"

이내 전투가 벌어졌다.

사방에서 검과 창이 부딪치고 마법의 불과 번개가 휘몰아쳤다.

가공할 악령들을 상대하면서도 제국군은 물러서지 않았다.

건장한 병사들이 방패를 앞세워 악령의 공세를 막아 낸다. 그 틈에 발 빠른 병사들이 쥐고 있던 창칼을 찌르며 반격을 가한다.

쾅! 콰쾅! 콰쾅!

무기와 악령이 충돌해 사방으로 파문이 터졌다.

이들의 무기에는 제국 마탑의 권능이 부여되어 있어 악령조차도 벨 수 있는 것이다.

그렇게 약해진 악령들을 기사와 마법사가 마무리했다.

제국 마탑의 강력한 화염 주문이 연신 어둠을 불사른다. 붉게 타오르는 투기검이 그릇된 존재를 베어 낸다.

출몰한 악령들이 연거푸 사라지며 흐느끼는 신음을 토해 냈다.

아아아악!

아아아아악!

하나 악령들도 만만치는 않았다.

아주 조금의 빈틈만 보여도 겨울철의 냉기처럼 절묘하게 방어진 안쪽으로 스며들었다. 여기저기서 병사들의 비명이 터져 나왔다.

"크억!"

"으아악!"

"제, 제기랄!"

출몰한 악령들을 간신히 모두 처리했을 때였다.

숨을 고르려던 마르크 경의 눈앞에 절망적인 광경이 비쳤다.

"저, 저건……."

새까만 갑옷으로 전신을 무장한 거구의 기사가 무지막지한 대검을 질질 끌며 이쪽으로 다가오고 있었다.

끼이익……. 끼이이익…….

얼핏 거구의 기사처럼 보이지만 확실히 다른 점이 있었다.

저 흑기사는 머리가 없었다.

"목 없는 기사!"

제국의 전승 속에서 전해져 오는 마물 중의 마물, 듀라한이 출몰한 것이다.

"아니, 이 던전엔 저런 괴물까지 나온단 말인가?"

그뿐만이 아니었다.

광장 반대편에서 요사스러운 웃음소리가 흘러나온다.

"오호호호호……."

이내 어둠 사이로 한 미녀가 나타났다.

어깨 아래까지 유유히 흔들리는 길고 붉은 머리카락, 짙은 눈 화장 아래 비치는 우아하고 매혹적인 미소, 아주 가벼운 갑옷만을 걸쳐 얇은 허리와 허벅지, 백옥 같은 피부가 완연히 드러나는 유혹적인 차림까지.

크레타스 기사 하나가 이를 악물었다. 전승 속에서 익히 들어 온 괴물이었다.

"서큐버스!"

다들 경악했다.

목 없는 기사에 서큐버스까지 나타나다니!

던전임을 감안해도 결코 흔치 않은 사태다.

단지 몇몇 병사들이 이런 생각을 하긴 했지만…….

'……서큐버스?'

'정말?'

'유혹하는 표정이 어째 영 어색해 보이는 것 같은 기분이…….'

이어진 사태로 인해 그런 잡생각 따윈 싹 날아갔다.

등장한 서큐버스가 갑자기 푸른 투기검을 휘두르며 크레타스 기사들을 덮친 것이다!

"타아앗!"

눈부신 검광이 어둠을 사르며 화려하게 피어올랐다.

기사들이 기겁해 뒤로 물러섰다.

"헉!"

"어떻게 서큐버스가 오러를 쓰는 거지?"

이해하기 힘든 사태였다.

무릇 서큐버스라면 바람직한(?) 복장과 바람직한(?) 몸매로 남정네들을 유혹해서 좋은(?) 일을 치르는 마물이 아닌가? 결과가 좋지 않아서 그렇지, 일단 과정은 좋다고들 한다.

그런데 서큐버스 주제에 대뜸 칼질을 한다고?

황당해하던 기사들이 하나둘 나가떨어졌다.

"크, 크윽!"

"커억!"

심지어 그냥 강한 수준이 아니라 엄청난 고수였던 것이다.

분명히 남세스러운 차림을 한 헐벗은 몰골인데, 검술 면에서 감히 자신들은 범접할 수 없는 경지에 도달해 있었다.

'무슨 서큐버스가 이래?'

'서큐버스 주제에 남자는 안 홀리고 검술 수련만 했나?'

어이없어하는 와중에도 기사들은 빠르게 판단을 내렸다.

만약 상대가 서치 블랙의 오러 유저들이었다면 목숨 걸고 맞서 싸웠을 것이다. 크레타스 기사단의 명예가 걸려 있으니까.

하지만 던전의 마물인 이상은 상황 보고를 우선시해야 한다.

"후퇴, 후퇴하라!"

병사들이 먼저 물러서고 마법사들과 기사들이 뒤를 따랐다.

과연 던전의 마물들답게, 듀라한과 서큐버스는 후퇴하는 이들을 쫓지 않았다.

대부분의 던전 마물들은 지박령 같은 놈들이라 자신의 영역에서 잘 나오지 않는 것이다.

'하지만 그건 평범한 던전 마물들의 경우인데……'

'목 없는 기사나 서큐버스도 영역을 중시하나?'

'모르겠군.'

의구심을 남긴 채 크레타스 기사들과 정찰병들은 어둠 저편으로 사라졌다. 이대로 다시 온 길을 되돌아 던전 밖으로 나가려는 것이었다.

충분히 멀어져 저들의 기척이 완전히 사라지자 목 없는 기사의 목소리가 바뀌었다.

"어, 끝났구만요."

음산한 마물의 목소리가 아니라 평범한 인간의 음성이었다.

그러더니 입고 있던 갑옷을 이리저리 비틀기 시작한다.

이내 갑옷의 목 부위에서 건장한 사내의 얼굴이 쑥 나왔다.

바로스였다.

"아이고, 목이야. 이러다 거북목 되겠네요."

사실은 그냥 어깨 위쪽을 유독 두껍게 만든 갑옷일 뿐이었다. 그렇게 공간을 만들고 내내 머리를 숙이고 있었던 것이다.

그래서 잘 보면 어깨 위치가 정상보다 상당히 밑에 달려 있다.

눈앞에서 목숨이 왔다 갔다 하는데 그런 게 제대로 보일 리가 없어서 그렇지.

서큐버스도 태도가 급변했다.

아까까지만 해도 매혹적인 몸매를 요사스럽게 내보이더니, 갑자기 두 팔로 몸을 가리며 종종걸음으로 광장 한쪽을 향해 슬금슬금 움직이는 것이다.

재빨리 망토 하나를 꺼내 전신을 가린 뒤에야 안도의 한숨을 깊게 내쉰다.

"아, 부끄러웠다."

열심히 화장을 지우는 그녀를 향해 바로스가 말을 건넸다.

"수고하셨습니다, 세라티 경."

분장을 다 지운 세라티가 뚱한 표정을 지었다.

"꼭 이래야 하는 거예요?"

바로스가 어깨를 으쓱였다.

"효과는 좋잖습니까?"

"그렇기는 한데……."

뭐, 세라티도 작전 자체엔 불만이 없었다.

분장 좀 하는 것만으로 목숨까지 빼앗지 않고 물러나게 할 수 있는데?

단지 작전을 펼치는 내내 자괴감이 들 뿐이지.

후딱 옷을 갈아입은 뒤 아까 걸쳤던 '서큐버스 위장용 갑옷'을 보니 더더욱 자괴감이 짙어진다.

"이거, 급소만 쏙 빼고 가리고 있는데 정말 갑옷 역할을 할 수나 있어요?"

물어 뭐 하겠냐는 어조로 바로스가 대꾸했다.

"못하죠."

"그렇죠? 못하는 거 맞죠?"

"그래도 아예 벗는 것보단 낫지 않나요."

"그건 그렇지만요."

세라티는 얌전히 갑옷을 챙겼다.

'그래, 어차피 앞으로도 종종 서큐버스 흉내 내야 할 것 같은데 이거라도 입고 나가는 게 낫지.'

절대 잃어버릴 순 없다. 카르나크의 인성을 생각해 보면 그 경우 더한 짓도 무리 없이 시킬 것이다.

"라피셀한테는 절대 이런 거 시키지 마요!"

눈을 부라리는 세라티를 향해 바로스가 정색을 했다.

"에이, 아무리 우리라도 미성년자한테 이런 거 시키진 않아요."

그나마 다행이다. 저런 부분은 또 정상적인 감각을 지니고 있는 것 같다.

'아니, 그보다 난 괜찮고?'

뭔가 억울하긴 했지만, 그래도 결과만 보면 꽤나 만족스럽긴 했다.

쳐들어온 적들은 다들 무사히 후퇴했다. 부상자는 있어도 사망자는 없다.

저들이 실제론 검은 신과 아무 상관 없는 제국 병사들일 뿐이란 걸 생각하면 참 다행스러운 일이지.

문득 세라티가 실소를 흘렸다.

"누가 보면 카르나크 님이 굉장히 자비로워서 적들마저 살려 주는 줄 알겠죠?"

거대한 절벽 아래 뻥 뚫린 동굴.

고대 건축물과 바위가 일체화된 저 지저의 구멍을 통해 패잔병들이 걸어 나온다.

마르크 경이 이끄는 제4정찰대였다.

주위를 둘러보며 그가 기운 없이 중얼거렸다.

"후우, 어떻게 살아서 돌아왔군."

동굴 밖은 수백 채의 막사가 세워져 대규모 숙영지를 이루고 있었다.

2차 여명탑 정벌군의 야영지였다.

무려 3천에 달하는 병력이 머무르는 만큼 그 규모도 보통이 아닌 것이다.

부상자를 이끌고 힘겹게 걸음을 옮기는 그들을 보며 다른 부대원들이 수군거렸다.

"마르크 경 쪽도 당한 모양이군."

"그래도 다행히 사망자는 없나 본데?"

"참 알 수 없는 곳이야, 이 던전은."

일단 대원들을 쉬게 한 뒤 마르크 경은 숙영지 중앙으로 향했다.

정벌군 수뇌부가 머무르는 막사가 위치한 곳이었다. 그동안 파악한 던전 내부의 정보를 보고해야 하는 것이다.

"그래, 목 없는 기사에 서큐버스라고?"

보고를 들은 엘레자르가 등 뒤의 마법사들에게 손짓했다.

"정보를 갱신하도록."

커다란 지도와 서류에 파묻힌 마법사들이 깃펜을 유수와 같이 놀렸다.

마르크를 돌려보낸 뒤 그녀는 잠시 생각에 잠겼다.

'마물들의 구성이 좀 이상한데. 던전 같은 지하에서 서큐버스가 나오던가?'

하지만 자신은 이곳에 이런 던전이 있는 줄도 모르고 있었다.

모르는 장소에서 모르는 현상이 일어났으니 딱히 이상할 것 없다 싶기도 하다.

'어쨌든 지금은 던전 지리부터 확보하는 것이 최우선이야.'

사흘 전을 떠올리며 엘레자르는 의자에 몸을 뉘었다.

'그래야 제대로 공략할 수 있을 테니까.'

디오그레스가 정말 사령술사와 손잡은 건지, 아니면 다른 수법으로 던전 안쪽에 자리 잡았는지는 아직 확실치 않다.

하지만 한 가지만큼은 확실했다.

목표물이 던전 안쪽에 처박혔으니, 이쪽은 기어들어 가서

끄집어내야 한다는 것.

문제는 이 이름 모를 던전이 어지간한 규모가 아니라는 점
이었다.

무려 천 명이 넘는 병력이 숨어들어 간 곳이다. 던전 중에
서도 초대형에 속한다.

그곳에 틀어박혀 싸운다?

전형적인 농성전이다.

'그렇다면 이쪽도 공성전으로 대항해야지.'

일단 이 일대를 뒤져 던전의 입구로 보이는 곳을 최대한
파악하고 틀어막았다.

전부 다 찾았다고 자신할 순 없지만, 적어도 대규모 군사
병력이 이동할 수 있는 곳은 싹 다 확인했다.

그리고 가장 거대한 입구 하나만을 남겨 그 주위에 숙영지
를 건설했다.

운 좋게 절벽 근처에 3천 명이나 되는 인원이 머무를 정도
로 거대한 공터가 있었냐고?

그럴 리가 있나?

없으면 만들면 그만이다. 10서클 마법에는 그만한 힘이 있
다.

대마법사 엘레자르의 권능이 작렬했고, 수천 년의 세월 동
안 제자리를 굳히고 있던 거목과 수풀이 모조리 재가 되어
흩날렸다.

그렇게 숙영지를 구성한 다음, 지속적으로 정찰대를 투입하며 던전 내부 탐사에 나선 것이다.

일단 적들의 위치를 확보하고 나면 그다음은 그냥 공성전의 연장선이 될 뿐.

'아마도 황혼교 놈들의 꼬임에 넘어간 모양인데…….'

막사 천장을 바라보며 엘레자르는 빙그레 웃었다.

'실수한 거야, 디오그레스.'

던전을 요새 삼아 농성전을 벌인다? 그건 뭐 아무나 하는 건 줄 아나?

당해 봐서 잘 알고, 해 봐서 잘 안다.

전생 때도 던전을 제대로 이용하는 건 사령술사들 중에서도 진짜 노련한 이들만이 가능했다.

'그래, 사령왕이었던 시절의 테스라낙 님 같은 이들이나 말이지.'

━━━※━━━

드렐타인은 디오그레스의 의도를 명백하게 파악하고 있었다.

여명탑을 버리고 이곳으로 향할 때부터 이미 짐작한 것이지만, 던전 내부에 자리 잡은 걸 보니 더욱 확실해졌다.

"어떻게든 정예 병력만으로 결판내자는 의도가 너무 노골적으로 보이는데?"

이해는 갔다.

3천 대 1천이라는 전력은 평야의 회전에선 절망적인 격차다.

군대의 질이나 사기, 지휘관의 능력에 심각한 격차가 있지 않은 한은 다수가 이길 수밖에 없다.

그리고 여명탑 정벌군과 디오그레스의 군세는 그렇게까지 질적 차이가 나지 않는다.

반면 제한된 공간 내에선 유의미한 수준까지 차이가 줄어든다.

던전 내의 전투는 농성전이면서 동시에 시가전.

한 번에 대규모 병력을 투입하지 못하니 전술 전략에 따라 충분히 소수가 이길 수도 있다.

이런 면에서 볼 때 디오그레스의 목적은 분명했다.

던전 내에서 버티면서 차근차근 정벌군의 전력을 줄인다. 그리하여 병력 손실을 감당할 수 없게 된 엘레자르와 드렐타인이 직접 나서도록 만드는 것이다.

저 둘을 어떻게든 자신이 준비해 둔 함정으로 유인해 각개 격파 하는 것만이 현재의 전력 격차를 줄일 유일한 방법일 테니까.

"딱히 잘못된 판단이라고 말할 순 없긴 한데……."

엘레자르는 쓴웃음을 지었다.

물론 자신들도 나서긴 나설 것이다.

어디까지나 최대한 밀어붙일 데까지 밀어붙인 다음에.

병력 손실을 감당할 수 없게 되어 직접 나선다?

반대로 말하면, 병력 손실만 무시하면 끝까지 밀어붙일 수 있다는 소리다.

철저히 포위망을 구축하는 걸 최우선으로 삼고 빠져나갈 구멍을 완전히 없앤 다음이라면, 자신들이 직접 나서도 아무 문제가 생기지 않는다.

그럼에도 왜 저런 작전을 꾸민 건지는 익히 이해가 간다.

디오그레스는 설마 엘레자르와 드렐타인이 그렇게까지 제국 병사들을 희생시키진 않을 거라 여겼겠지.

실제로도 그랬을 것이다.

이 시대의 두 사람이라면.

"디오그레스에겐 좀 미안하군."

미래에서 회귀한 사령왕의 노예들은 차가운 미소를 입가에 머금었다.

"우리는 그가 아는 엘레자르와 드렐타인이 아닌데."

***

보고를 받은 카르나크는 헛웃음을 흘렸다.

"정말 내가 아는 엘레자르와 드렐타인 그대로네."

여명탑 정벌군은 여전히 지속적으로 던전 내부로 병력을 순차 투입하고 있었다.

꽤나 잔혹한 병력 운용이었다.

오러나 마법의 힘을 쓰지 못하는 일반병을 던전에 집어넣는다는 건, 저들의 목숨을 전혀 중시하지 않는다는 의미다.

"얘들 엄연히 테스라낙네 부하들이잖아? 근데 왜 이렇게 하는 짓이 내 부하들 같지?"

레번이 주위를 두리번거리며 전언을 건넸다.

[말씀을 조심해야 하는 것 아닙니까? 누가 들을지도 모르는데.]

"뭐 이런 걸 가지고."

카르나크가 피식 웃으며 주위를 손짓했다.

"괜찮아. 다들 바빠서 정신없잖아."

실제로 주위에 이들의 대화를 신경 쓰는 이는 아무도 없었다.

현재 디오그레스군이 주둔 중인, 던전 상층 중앙에 해당하는 거대한 지하 광장.

원래는 온갖 마물과 악령이 들끓던 곳이었다.

그걸 임시로나마 사람 살 만한 곳으로 만들려니 손이 보통 가는 것이 아니다.

곳곳에 막사를 치고 불을 피우고 목책을 세워 적의 침입에 대비하며 정신없이 움직인다.

"확실히 다들 바쁘긴 하네요."

레번이 카르나크를 돌아보며 물었다.

"그런데 말입니다, 카르나크 님의 전략대로라면 우린 오히려 적극적으로 여명탑 정벌군의 숫자를 줄여야 하는 것 아닙니까?"

그런데 어째 그의 지시는 전혀 달랐다.

오히려 적들을 최대한 살려 두고, 되도록 몸성히 후퇴하게 만드는 데 전력을 다하게 했다.

"이러면 저쪽도 굳이 병력 손실을 걱정할 필요가 없지 않나요?"

"꼭 그렇진 않지."

카르나크가 손가락을 까닥였다.

"어차피 숫자 싸움으로는 우리가 진다. 적들을 죽일 동안 아군이라고 무사한 건 아닐 테니까."

3천 대 1천.

서로 비슷하게 숫자가 줄어들면 먼저 거덜 나는 건 디오그레스군 쪽일 수밖에 없다.

그러니 노려야 할 것은 여명탑 정벌군 쪽이 아니다.

"엘레자르와 드렐타인이 지닌 자체적인 약점이지."

"약점요?"

"응. 어째 저쪽도 미처 못 알아챈 것 같지만."

현재의 엘레자르와 드렐타인은 미래에서 회귀한 사령왕의

노예들이다.

주인이 카르나크인지 테스라낙인지의 차이만 있을 뿐, 틀림없는 악의 주구라는 소리다.

"하지만 대외적으로는 여전히 인류의 영웅이시거든, 둘다."

드렐타인의 명에 따라, 여명탑 정벌군은 수십 개의 부대로 나뉘어 던전 곳곳을 탐색해 갔다.

크레타스 기사단의 레드 나이트 제이든 경 역시 저들 중하나였다.

그는 100여 명의 병력을 이끌고 던전 남쪽에서부터 진입하고 있었다.

앞으로 나아갈수록 점점 사기가 짙어진다. 무너진 석벽 사이로 푸른 영혼 불이 여기저기 흐르듯 날리고 있다.

'더 진입하는 건 무리겠군.'

이미 두 차례나 마물들의 습격을 받은 후라 병사들은 지칠대로 지친 상태였다. 어느 정도 기력을 회복해야 마저 움직일 수 있으리라.

"여기서 휴식을 취하고 마저 나아간다!"

병사들이 기뻐하며 근처 벽에 기대어 저마다 자리를 잡았다.

일단 주저앉으니 피로가 노골적으로 몰려왔다. 다들 빠르게 곯아떨어졌다.

심지어 초병들도 꾸벅꾸벅 졸기 시작한다.

뭐라 하려던 제이든이 고개를 저었다.

'내버려두자. 내가 망을 보면 되니까.'

아무리 군기가 엄정하더라도 과할 경우엔 부작용이 생기는 법.

'숙영을 하는 것도 아니고 잠깐 휴식을 취하는 것뿐이니 별일 없겠지.'

그렇게 병사들은 단잠에 빠져들었다. 그리고 다시 깨어났다.

"으음……."

눈뜬 이들은 어느새 그리운 장소에 와 있었다. 사랑하는 아내와 아이들이 기다리는 고향집이었다.

"아빠!"

"여보!"

왜 갑자기 자신이 집으로 돌아왔는지 의문을 가지는 이는 없었다. 그냥 모든 것이 자연스럽게 느껴졌다.

사랑하는 가족이 갑자기 피눈물을 흘리며 자신에게 칼을 들이대기 전까지는.

"아……빠……."

"여……보…….'"

목소리가 늘어지며 점점 기괴한 음성으로 변한다.

사랑하는 가족들이 괴물 같은 모습으로 변해 병사들을 덮쳐 간다.

"으, 으아아아!"

"이게 뭐야, 젠장!"

그뿐만이 아니다.

갑자기 주위가 불탄다. 바닥에는 핏물이 흐르고 하늘에는 검은 재가 흩날린다.

죽은 자들이 일어나 괴성을 터트리며 썩은 손가락을 뻗어 온다.

"왜…….'"

"왜 날 죽였어!"

"왜 날 죽여야만 했냐고!"

여명탑 정벌군은 제국 황도의 정예병들. 충분히 실전을 겪은 이들이었다.

충분한 실전을 겪었다는 건 충분히 많은 사람들을 죽이고 살아남았다는 의미도 되는 법.

여태 자신이 죽였던 자들이 덤벼드는 광경 속에서 병사들은 비명을 지르고 또 질렀다.

"으, 으아아아악!"

"흥!"

코웃음을 치며 제이든은 투기검을 휘둘렀다.

붉은 오러의 칼날이 눈앞의 죽은 자들을 일제히 베어 갔
다.

콰콰콰쾅!

폭발과 함께 죽은 자들은 물론이고 눈앞의 풍경 자체가 길
게 찢어발겨진다.

동시에 검은 모래가 사방으로 흩날리며 다시 현실로 돌아
온다.

우우우우우…….

검은 모래가 말의 형상이 되어 울부짖더니 허공으로 흩어
졌다. 제이든이 중얼거렸다.

"나이트메어인가? 골치 아프군."

악몽을 꾸게 만드는 던전의 마물 중 하나였다.

오러 유저인 자신이야 이 정도 정신 공격에 당하지 않지
만, 일반 병사들에겐 꽤나 무시무시한 마물인 것이다.

검은 모래는 쓰러진 병사들 대부분의 머리맡을 떠돌고 있
었다. 이대로 병사들을 내버려두면 결국 모든 기력을 소진하
고 탈진해 죽어 버릴 것이다.

"일단 모래부터 흩어 놓아야……."

재차 투기검을 휘두르려다 말고 제이든은 안색을 굳혔다.

지금 악몽에 당한 그의 부하들은 족히 100명이 넘어간다. 이 많은 숫자에게 깃든 나이트메어를 그 혼자 처리해야 한다는 소리다.

절로 한숨이 나오는 중노동이었다.

'이래서야 아군이 아니라 짐 덩이잖아, 이거?'

그렇다고 버릴 수도 없으니 일단 오러를 끌어 올렸다. 그리고 부관에게 깃든 나이트메어부터 베어 내려 했다.

그때, 어둠 저편에서 묘한 소리가 들렸다.

"……왜 절 버렸어요?"

이 장소에 전혀 어울리지 않는, 작고 여린 소녀의 목소리였다.

"……왜 절 버렸어요?"

등줄기로 한기가 스쳐 지나갔다. 전신의 털이 곤두서는 느낌이었다.

'또 다른 마물인가?'

경계하며 제이든이 검을 겨눴다.

이윽고 어둠 속에서 목소리의 주인이 모습을 드러냈다.

피로 물든 새하얀 원피스 차림에 시뻘겋게 물든 머리칼, 표정을 알아보기 힘들 정도로 재로 덮인 얼굴의 소녀였다.

전장에서 흔히 볼 수 있는 몰골이기도 했다.

대부분의 전쟁은 아이와 여인에겐 특히나 가혹한 법이니

까.

그 광경이 제이든의 오랜 기억을 건드렸다.

"……에밀리?"

갓 기사 서임을 받고 전장에 나섰을 때 자신이 구했던 작은 소녀.

도적 떼에게 가족을 모두 잃고 정신이 나간 그 아이를 보며 분노를 터트렸고, 동시에 그 아이를 구한 스스로를 자랑스럽게 느끼기도 했다.

하지만 끝까지 소녀를 지키진 못했다.

아무리 강한 자라도, 자기 손이 닿지 않는 이를 구할 방법은 없으니까.

'아니, 에밀리가 여기 있을 리가 없지!'

보나 마나 나이트메어의 일종임이 분명했다.

애써 정신을 집중하며 제이든이 투기검을 길게 끌어냈다.

"꺼져라, 이 마물 놈!"

바위도 가르는 붉은 오러가 찬란하게 빛났다. 그리고 더 찬란한 빛 앞에 맥없이 가로막혔다.

"……어?"

더러운 소녀가 오른손을 들어 그의 투기검을 막아 내고 있었다.

피육으로 이루어진 맨손이 어찌 투기검을 막을 수 있겠냐마는, 그 손에 보랏빛 오러가 깃들어 있다면 이야기는 달라진다.

'마물이 오러를?'

순간 제이든은 확신했다.

이건 꿈이다. 그렇지 않고서야 그 역시 꿈속에서나 그리던 저 퍼플 나이트의 경지를 저런 어린 소녀가 펼칠 수 있을 리 없다.

꿈에서 깨기 위해 제이든이 사방으로 난도질을 해 댔다.

"으아아아!"

소녀는 가볍게 걸음을 옮겼다.

거목을 꺾고 바위를 썰어 버리는 그 칼날 폭풍 속을 마치 산들바람이라도 되는 양 가볍게 파고들며 나직이 속삭인다.

"왜 절 버렸어요?"

"버리지 않았어! 어쩔 수 없는 일이었다고!"

아무리 냉정을 유지하려 해도 할 수가 없었다. 미친 듯이, 제이든이 괴성을 질러 댔다.

"으아아아아!"

그러던 중이었다.

갑자기 시야에서 소녀가 사라졌다.

소녀뿐만이 아니었다. 어느새 병사들을 뒤덮고 있던 검은 모래들도 감쪽같이 자취를 감추었다.

'대체 언제? 어느 틈에?'

귀신에 홀린 기분이었다.

아니, 정말로 귀신에 홀린 게 맞을 것이다. 오러 유저인 자신조차 홀릴 정도로 강력한 악령이거나 마물의 짓이겠지.

제이든은 결심했다.

"후퇴해야겠군."

이 상태로 일반 병사들을 이끌고 계속 나아갈 순 없다.

딱히 도움도 안 될뿐더러, 자신까지 개죽음을 당할 것이 뻔했다.

허겁지겁 병사들을 깨운 뒤 그는 조심스레 온 길을 되돌아갔다.

곧 정벌군의 모습은 완전히 사라지고 어둠만이 던전을 은은히 맴돌게 되었다.

석벽 뒤에서 머리통 하나가 쏙 올라왔다.

"아, 갔다."

조금 전 나타났던 피투성이 소녀였다.

얼굴을 열심히 닦고 머리에 묻은 피도 털어 낸 뒤 신기하다는 듯 중얼거린다.

"정말 카르나크 님 말씀대로 되네, 이거?"

왜 이런 복장으로 이런 짓을 해야 하는지에 대해서는 라피셀도 납득하고 있었다.

상대의 죄책감을 자극해 혼란에 빠트려 스스로 물러나게 만든다?

딱히 이해하기 어려운 수법은 아니다.

그녀가 신기해한 점은, 대체 이게 왜 통하느냐는 것이었다.

아니, 상대가 어린 소녀를 구하지 못한 적이 있는지 없는지 어떻게 알고 이런 짓을 시킨단 말인가?

이에 대한 카르나크의 답변은 이것이었다.

―오러를 각성할 정도로 칼 밥 오래 먹은 인간이, 관련된 모든 사람을 다 구할 수 있었겠니?

세상에 그렇게까지 운 좋은 인간은 없다. 무조건 누군가는 잃게 되어 있다.

―그게 칼 쥔 자들의 업이지.
―그래도 굳이 어린 소녀일 필요는 없잖아요?
―피해자가 성인일 경우에는 아무래도 죄책감이 덜하거든. 인간의 본능이니까.

그러니 어린 소년이나 소녀를 내세우는 게 제일 효과가 좋은데, 굳이 라피셀을 소년으로 분장시킬 필요까진 없는 것이다.

―얼굴이 다른 건 어쩌고요?

―어차피 머리카락으로 가릴 건데 무슨 상관이야? 원래 피
투성이에 흰옷 입고 산발하고 나타나면 거기서 거기다.

―그, 그런가요?

들을 땐 긴가민가했지만, 결과적으론 잘만 통했다.

물론 그 과정이 어째 도리에서 좀 많이 어긋나는 느낌이
안 드는 것은 아니지만…….

'그래도 결과적으론 아무도 안 죽이고 물러나게 만들었잖
아?'

저 카르나크가 이 정도까지 했으면 그건 정말 대단한 거다.

라피셀은 새삼 감탄했다.

'변할 수 없는 자라고 생각했는데, 이렇게나 변할 수도 있
구나.'

그리고 문득 의아해했다.

'응? 내가 지금 무슨 생각을 한 거지?'

순간적으로 뭔가가 떠올랐는데, 금방 사라져 버렸다.

동시에 자신이 뭔가를 떠올렸다는 사실조차 흐릿해진다.

'……모르겠다. 일단 돌아가야지.'

지하에 파묻힌 거대한 고성.

원래는 높았을 성의 첨탑들이 반쯤 부러진 채 일종의 기둥이 되어 동굴을 떠받든다. 암석으로 이루어진 천장 표면에서 빛을 내는 이끼가 별처럼 반짝인다.

일견 아름답기까지 한 이곳에서 지금 치열한 전투가 벌어지고 있었다.

"물러서지 마라!"

"방패수, 앞으로!"

"전원 돌격!"

던전의 마물들이 습격하거나 한 것은 아니다. 어디까지나 인간과 인간의 싸움이다.

여명탑 정벌군의 정찰대와 디오그레스군의 수비대가 반쯤 무너진 성벽을 사이에 두고 치열하게 싸우는 것이다.

양측의 오러 유저들이 투기검을 마주하며 굉음을 터트린다.

여명탑과 제국 마탑의 마법사들도 전열 뒤에서 온갖 마법을 난사하며 전황을 바꿔 보려 애쓴다.

그 틈에 100명이 넘는 병사들이 미친 듯이 장검을 휘두르며 반쯤 정신 나간 상태로 눈앞의 적들에게 달려든다.

던전을 뚫고 나아가려는 자들과 어떻게든 막아 내려는 이들이 이 어두운 땅 밑 세상에서 붉은 피를 흘리고 있었다.

하지만 의외로 죽은 이는 많지 않았다.

양쪽 병사들이 하나둘 쓰러지기 시작하자 디오그레스군

쪽이 먼저 물러나기 시작한 것이다.

"후퇴! 후퇴하라!"

"부상자를 챙겨!"

여명탑 정벌군도 후퇴하는 이들을 쫓지 않았다.

지휘관인 칼트 경이 흥분한 병사들의 머리 위로 고함을 터트린다.

"전원, 진영으로 복귀하라!"

칼트가 드렐타인에게 받은 명령은 던전 곳곳에 거점을 마련해 포위망을 구축하라는 것.

이미 이 일대를 장악한 시점에서 모험을 걸 필요는 없었다. 오히려 역습이라도 당해 겨우 차지한 진지를 잃는 쪽이 더 손해가 컸다.

칼트가 전령을 불러 지시를 내렸다.

"드렐타인 각하께 전하게. 남부 거점, 장악 완료라고."

⚹

칼트 경이 승리의 기쁨을 만끽할 수 있는 시간은 그리 길지 않았다.

거점을 차지하고 야영지를 꾸린 지 고작 반나절 만에 역습을 당한 것이다.

다만 그것이 디오그레스군의 공격은 아니었다.

크르르르르!

크아아아!

이족 보행하는 사자와 곰을 섞은 듯한 맹수, 디스 비스트가 섬뜩한 포효를 터트리며 휴식 중이던 정찰대를 덮쳐온다.

그 뒤로 날개 달린 던전의 마수, 가고일이 펄럭이며 천장을 장악한다.

"젠장!"

"던전의 마물들이다!"

"전원 전투준비!"

갑작스러운 습격에도 정벌군 정찰대는 용맹하게 싸웠다.

레드 나이트 칼트의 투기검을 앞세워, 덤벼드는 마물들을 끝없이 베고 또 베었다.

마법사들과 병사들도 철저히 대열을 갖추어 공세에 맞섰다.

이들의 분투는 실로 헛되지 않았다.

수십에 달하는 마물들의 공세를 훌륭히 버텨 낸 건 물론이고, 놀랍게도 사망자 1명 내지 않은 것이다!

이들이 얼마나 뛰어난 정예들인지 증명하는 결과나 다름없었다.

하지만 정작 지휘관인 칼트의 안색은 어두웠다.

"이런……"

분명히 사망자는 1명도 없었다. 하지만 부상자가 너무 많이 나왔다.

이미 한차례 격한 전투를 벌인 후 제대로 쉬지도 못하고 재차 전투를 벌인 탓이었다. 전투력을 유지한 전력은 절반 이하로 깎였다고 봐야 했다.

"할 수 없군."

제국의 기사답게 칼트는 올바른 결정을 내렸다.

"일단 지상으로 복귀한 뒤 전력을 가다듬고 다시 내려오는 수밖에."

모두를 독려하며 명령을 전달한다.

"전원 철수 준비!"

안 그래도 던전 안에서 머무른다는 것에 큰 부담을 느끼던 병사들이었다. 기꺼운 마음으로 명에 따랐다.

야영지 만드는 것보다 몇 배나 빨리 철수 준비가 끝났다.

"후우……."

한숨을 쉰 뒤 칼트는 정찰대를 이끌고 거점을 떠났다.

또다시 던전 내 고성에 어둠과 적막이 어우러져 흘렀다.

그때였다.

희미한 인기척이 적막을 깼다.

"오, 성공이구만."

반쯤 허물어진 성벽 너머로 사람 머리통이 쏙 나온다.

황갈색 머리의 잘생긴 사내, 레번 스트라우스였다.

주위를 둘러보더니 레번이 히죽거리며 부하에게 말했다.

"디오그레스 공께 전해 주시겠습니까? 재장악 완료라고."

━━━━�֍━━━━

전황 보고를 받은 드렐타인은 눈살을 찌푸렸다.

공략 속도가 영 더뎠다.

투입한 부대 대부분이 패퇴해 지상으로 돌아오고 있었다.

던전 속 마물과 악령의 움직임이 워낙 신출귀몰한 탓이었다.

그의 예상과 달리, 디오그레스군은 실로 능숙하게 마물과 악령을 조종하고 있었던 것이다.

던전 전체가 하나의 생명체처럼 유기적으로 움직이며 침입자를 격퇴하는데, 어지간한 사령술사 뺨칠 정도였다.

그래도 여기까지만 보면 황혼교가 의외로 던전을 잘 지배했구나 하고 넘어갔겠지.

하지만 도무지 이해가 안 가는 부분이 있었다.

정작 아군 전력 자체는 거의 잃지 않았다는 점이다.

3천이나 되는 병력이 벌써 며칠째 던전 곳곳에서 전투를 벌였는데 사망자는 고작 두 자릿수에 불과하다.

연달아 패배하고 있는데, 아군의 손해는 없다?

얼핏 모순처럼 보이지만 이유가 있었다.

디오그레스군은 최대한 전면전을 피하고 마물과 악령으로만 방어에 나섰다. 혹여 인간들끼리의 전투가 벌어지게 되어도 일단 후퇴하고 대신 마물들을 움직이는 식이었다.

그런데 저 마물들은 후퇴하는 여명탑 정벌군을 결코 뒤쫓지 않았다. 오직 자신의 영역만 지킬 뿐이었다.

이 경우 부대를 이끄는 지휘관 입장에선 두 가지 선택지가 있다.

아군의 손해를 무릅쓰고 무조건 거점을 장악하느냐, 아니면 일단 물러나서 전열을 가다듬은 뒤 다시 공격을 가하느냐다.

상식적인 지휘관이라면 무조건 후자를 택할 수밖에 없다.

그것이 병력을 유지하고 승률을 높이는 방법이니까.

실제로 한번 후퇴해 전열을 가다듬은 후엔 다시 공격해 마물과 악령을 무찌르고 그 일대를 장악하는 일도 흔했다.

그리고 이 과정에서 한 가지 사실이 증명되어 버렸다.

던전 같은 특수한 조건에서 마물이나 악령과 싸울 땐, 일반병은 아무리 많아도 별 쓸모가 없다는 점.

아니, 쓸모없는 정도가 아니라 방해물이기까지 했다.

오러 유저라면 걸리지 않을 악령들의 공포를 병사들은 버텨 내지 못했다. 마법사라면 쉽게 무시할 독 구름이나 한기, 사기 등도 병사들은 버티지 못했다.

정예 기사와 마법사만으로는 이겼을 전투를, 병사들이 휘말리는 바람에 오히려 후퇴해야 하는 경우도 잦았다.

그렇다 보니 부하들 사이에서 이런 의견이 대두되고 있었다.

─애꿎은 병사들을 희생시킬 필요가 없습니다.

─저희끼리 진입하겠습니다.

─어차피 저들도 던전 내에선 병사들을 제대로 운용하지 못합니다. 소수 정예로 움직이는 쪽이 여러모로 유리합니다.

당연히 받아들일 수 없었다.

그것이야말로 저쪽이 원하는 바대로 움직이는 것 아닌가?

그래서 엄명을 내렸다.

─후퇴는 허락하지 않겠다. 그 어떤 희생을 감수하고서라도 던전 내부를 확보하라!

크레타스 기사단도 제국 마탑도, 드렐타인과 엘레자르에게 충성스럽기 그지없는 집단이었다.

이 정도 엄포를 놓았으니 병사들이 죽건 말건 무시하고 밀어붙일 줄 알았다.

아니었다.

-큭, 우리 힘이 미약하여…….

-저분들이 저런 말씀까지 하시게 하다니…….

무릇 올바른 지휘관이라면 병사들을 무모하게 사지로 밀어 넣지 않는 법이다.

그리고 엘레자르와 드렐타인은 평생 올바르게 살아온 이들이었다. 이미 모두가 그 모습을 보아 왔다.

그런 이들이 왜 굳이 저런 명령을 내렸겠는가?

-사기를 유지하려면 어쩔 수 없으셨겠지.

지휘관의 입장에서 목숨 아까우면 후퇴하란 소릴 내뱉을 순 없다.

-그러니 어쩔 수 없이 말씀하셨겠지만…….

-진정한 기사는 주군의 숨은 의중도 파악할 줄 알아야 하는 법.

크레타스 기사단은 진정한 기사라 자부하는 이들이었다.

으레 행하는 요식행위로 생각하고 이후에도 열심히 아군의 목숨을 챙기며 진퇴를 일삼았다. 그리고 그 사실을 굳이 숨기지도 않았다.

"아니, 이놈들이 그래도 후퇴하네?"

"어쩌죠, 드렐타인?"

자, 그럼 두 사람은 명령을 거역한 이들의 목을 쳐서 군기의 엄정함을 보였을까?

그렇게는 못 한다. 자신들은 여전히 제국의 영웅들이니까.

평판을 잃는 순간 제국에 미치는 영향력도 크게 약해진다.

기가 막혀 엘레자르가 헛웃음을 흘렸다.

"이게 이런 식으로도 문제가 생길 수 있군요."

드렐타인도 비슷한 반응이었다.

"이게 의도한 건지 아니면 우연인지 모르겠군."

군 전략 중에는, 일부러 적을 죽이지 않고 부상만 입힌 뒤 아군의 짐 덩이로 만들어 부담을 주는 방식도 있다. 사령왕 시절의 테스라낙도 자주 했던 짓이다.

"그런데 꼭 그런 식인 것도 아니란 말이지?"

저 전술의 요지는 적군의 부상자를 최대한 늘려 군대 전체에 부담을 주는 것이다.

디오그레스군의 움직임은 그렇지 않았다.

어떻게든 사지 멀쩡하게, 최대한 몸성히 후퇴만 시키려 하고 있었다.

이렇게만 보면 인간의 목숨은 귀하니 적의 목숨도 함부로 앗아선 안 된다고 떠드는 작자들이나 저지를 짓이다.

그런데 그 결과는?

일부러 일반병들을 죄다 살려서 저들이 짐 덩이에 불과하다는 걸 이쪽에 확실히 각인시켰다.

혼란스럽다는 듯 드렐타인이 뇌까렸다.

"순진한 거야, 아니면 악랄한 거야, 이거?"

하여튼 상황이 이리된 이상 결정을 내려야 한다.

이대로 던전을 계속 포위한 채 의미 없는 진퇴를 반복할 것인가?

아니면 지금이라도 엘레자르와 드렐타인이 직접 나서서 최정예를 이끌고 진입할 것인가.

"의미 없는 줄 뻔히 알면서 계속 현 상태를 유지할 순 없고……."

엘레자르가 그간 제작한 던전 내부 지도를 펼쳤다.

"슬슬 직접 나설까요, 드렐타인?"

드렐타인이 애매한 표정을 지었다.

"사실 이 정도면 충분히 몰아붙이긴 했지."

디오그레스 측 전력은 거의 다 파악되었다.

여명탑의 정예 마법사들과 서치 블랙의 오러 유저들, 그리고 카르나크의 세력.

전부 합쳐도 여명탑 정벌군의 정예들과 비교하면 여전히 격차는 컸다.

솔직히 이대로 그냥 진입해도 엘레자르와 드렐타인이 패배할 가능성은 거의 없는 것이다.

다만 이 사실을 저쪽도 알고 있고, 그에 따라 뭔가 대비하고 있을 것이 뻔하니 확실을 기하기 위해 포위망 전략으로 나갔을 뿐이다.

"하지만 이렇게 된 이상 어느 정도는 맞춰 줄 수밖에 없겠죠."

엘레자르가 문득 웃었다.

"그리고 저쪽이 뭔 수를 쓰건 큰 문제는 아니잖아요?"

제국 황실 마법사와 크레타스의 무왕 외에도 이들에겐 압도적인 비대칭 전력이 하나 더 있다.

홀로 군대를 상대할 수 있는 괴물 중의 괴물, 시프라스의 무왕 벨티아.

"그녀의 존재를 모르는 이상, 저들이 세운 대책도 별 의미가 없지요."

드렐타인 역시 표정을 풀었다.

"설령 알고 있다 해도 대책이 없긴 마찬가지일 테고 말이지."

뛰어난 전략, 전술을 세운다 해도 그걸 시행할 힘이 없으면 무의미한 법이다.

저쪽은 디오그레스 콜론 달랑 1명인데 이쪽은 대마법사 하나에 무왕이 둘.

아무리 계산해 봐도 저들에게 이 격차를 타파할 방법은 없었다.

"좋아."

드렐타인은 결정을 내렸다.

"우리도 움직이자고."

여명탑 정벌군의 움직임을 보고받은 카르나크는 빙그레
웃었다.

"이래야 내가 아는 엘레자르와 드렐타인이지."

계산에 밝은 이들은, 계산에 밝기 때문에 예측하기도 쉽
다.

저들은 결코 자신의 평판을 훼손시키면서까지 병사들의
희생을 밀어붙이지 않을 것이다. 그보다 직접 나서는 쪽이
계산상 이득이니까.

모든 게 크레타스 기사단과 제국 마탑이 그의 기대대로 움
직여 준 덕분이었다.

"왜 세라티가 그토록 사람 목숨을 귀하게 여기라고 잔소리
하는지 이해가 갔어."

"정말요?"

"응."

깨달음을 얻은 얼굴로 카르나크가 말을 이었다.

"그래야 사람 목숨 귀한 줄 아는 사람들을 제대로 속일 수

있더라고."

"……그게 그런 의미는 아니었지만 말이죠."

절로 한숨이 나왔지만 세라티는 더 이상 따지지 않았다.

'어쨌든 불필요한 살생을 피했으니 이 정도면 됐지, 뭐.'

다만 여전히 풀리지 않는 문제가 하나 남아 있긴 했다.

턱을 괸 채 카르나크가 고민에 빠졌다.

"그나저나 벨티아는 어쩌지? 이것만큼은 정말 대책이 없네."

꽃

카르나크가 임시 숙소로 삼은, 던전 깊숙한 곳의 한 허물어진 건물.

지금 그는 세라티와 바로스, 레번을 불러 모아 대책을 강구하는 중이었다.

"벨티아는 어쩌지?"

고민하는 카르나크를 향해 바로스가 물었다.

"그녀가 여기 와 있는 건 확실한 겁니까, 도련님?"

그동안 여명탑 정벌군을 종종 습격해 온 바로스였다. 하지만 벨티아가 있다는 느낌은 딱히 받은 적이 없었다.

"다른 장소였다면 확신을 가지지 못했겠지만……."

카르나크가 혀를 차며 말을 이었다.

"지금은 확실해. 내가 그 여자에게 환각 걸었잖아?"

뭔가 수작을 부릴 때는 가능하면 딴짓도 겸하는 것이 카르나크의 오랜 습관이다.

그래서 죽은 딸을 보여 주는 그 악랄한 술법을 걸면서, 동시에 벨티아의 위치 파악을 위한 마킹도 살짝 해 놓았다.

다만 이 마킹에는 문제가 있었다.

상대가 무려 무왕이라는 점.

"감지 능력이 정말 괴물 수준이니까, 티 안 나게 마킹하려면 진짜 희미하게 걸어야 하거든."

그렇다 보니 오차 범위가 수십 킬로미터에 달한다고 했다.

어이없어하며 세라티가 물었다.

"그게 마킹의 의미가 있어요?"

반경 수십 킬로미터면 어지간한 영지 포함한 도시 규모다. 그 안에 벨티아가 있다는 걸 알아차린들 얼마나 도움이 될까?

카르나크도 동의했다.

"보통은 거의 없지."

그런데 지금 같은 상황에선 이야기가 달라지는 것이다.

지금 이들이 있는 곳은 인간이 사는 지역에서 엄청나게 떨어진 산맥 속이니까.

이 산맥 어딘가에 벨티아가 있다는 것은 확실하다. 그런데 여기 있는 인간들이라곤 여명탑 정벌군과 디오그레스군

뿐이다.

"이런 상황에서 벨티아가 엘레자르와 드렐타인과 무관하게 여기 와 있을 가능성이 얼마나 되겠어?"

벨티아가 살아남았고, 저들과 합류했다는 것에는 의심의 여지가 없다.

문제는 아무리 주판을 튕겨 봐도 원하는 답이 안 나온다는 부분이었다.

"원래 계획을 성공시키기에도 우리 전력이 아슬아슬해. 그런데 여기서 벨티아를 상대하기 위해 전력을 더 뺄 순 없어."

"골치 아프군요."

레번이 인상을 쓰더니 물었다.

"사령술을 쓰셔도 대책이 없는 겁니까?"

"언제는 나보고 사령술 쓰지 말라며?"

"그래도 죽는 것보다는 낫잖습니까?"

레번이 눈을 흘겼다.

"어차피 이제까지도 할 짓 못 할 짓 다 하셨으면서, 뭘."

그 또한 카르나크가 벨티아를 어떻게 쫓아 보냈는지 들어 알고 있었다.

그런 짓까지 해 놓고 이제 와서 사람답게 살겠다며 고민하고 있는 건가?

놀랍게도 카르나크는 그러했다.

"이번에 벨티아 상대할 땐 저번처럼 인간적인 방법은 통하지 않을 것 같거든. 명색이 무왕인데 같은 수법이 또 먹히겠어?"

문득 세라티가 뭔가 깨달아 입을 열었다.

"······잠깐만요, 카르나크 님."

생각해 보니 당시 카르나크는 분명히 예전처럼 굴지 않았다.

나름대로는 인간적으로 군답시고 한 짓이 자식 잃은 어미에게 죽은 딸의 악몽 보여 주는 것이었다.

"혹시 사람답게 사는 걸 포기하면 방법이 있는 건가요?"

솔직히 상상이 잘 가지 않는다. 저거보다 더 사악한 방법도 있을 수 있다고?

카르나크가 별것 아니란 듯 고개를 끄덕거렸다.

"예전의 나였다면."

잠시 머리를 굴리더니, 이내 설명이 줄줄 흘러나온다.

"벨티아의 약점은 죽은 딸이잖아? 그러니까 그쪽을 공략하면 돼."

5~6살 정도 되는 여자아이들을 최대한 많이 모은다.

이후 아이들을 세뇌한 뒤, 전신에 폭발의 문신 같은 거 새기고 자폭병으로 덤벼들게 한다.

"공격을 피해도 눈앞에서 딸 같은 아이들이 박살 나는 모습을 봐야 하니 당연히 정신에 문제가 생기겠지. 혹여 눈 딱 감고 억지로 베어 버려도 마찬가지로 제정신이 아닐 테고."

만약 그녀가 놀라울 정도로 강철 같은 정신력을 지녀, 무심의 경지로 아이들을 가차 없이 죽여 버린다면?

"그 정도로 영혼이 어둠에 물들고 나면 어차피 결과는 마찬가지거든."

그렇게까지 흔들고 나면 그 이후엔 환각을 걸건 세뇌를 걸건 마음대로다.

"일단 정신만 무너트리고 나면 파고들 방법은 얼마든지 있지."

설명을 마치며 카르나크가 어깨를 으쓱였다.

"솔직히 예전처럼 싸우면 지금의 벨티아는 그리 어려운 상대가 아니야. 지니고 있는 정신적인 약점이 워낙 크니까."

그래서 세라티와 레번은 침묵했다.

'……와.'

'어떻게 사람이 저런 생각을 할 수 있지?'

자신들의 빈약한 상상력에 감사를 드리고 싶을 지경이다. 여기서 더 밑바닥을 보게 될 줄이야!

카르나크가 머쓱한 듯 뺨을 긁었다.

"그런데 아무리 나라도 그렇게까지 하면 안 될 것 같거든. 혹시 해도 되나?"

"절대 안 됩니다."

"어떻게 그런 생각을 떠올릴 수 있어요?"

"그러게요. 실현 가능성이 없잖습니까?"

순서대로 레번, 세라티, 바로스의 반응이었다.

어째 바로스만 반응이 좀 이상해 세라티와 레번이 그를 돌아보았다.

'엥?'

'실현 가능성?'

바로스가 태연히 말을 이었다.

"지금 어디서 5~6살짜리 여자애를 대량으로 구합니까? 여기서 가장 가까운 민가만 해도 수백 킬로미터는 떨어져 있을 텐데요."

정작 애꿎은 어린애들 폭사시키겠다는 부분에선 아무 느낌도 받지 못한 표정이었다.

세라티는 내심 한탄했다.

'에휴, 왜 이 인간이 저 인간이랑 죽이 맞았는지 알겠다.'

그래도 안 한다니까 다행이긴 한데, 어쨌든 당장 벨티아를 상대할 방법이 없다는 건 심각한 문제다.

"내 머리로는 이런 수법밖에 안 떠올라서, 멀쩡한 사람들 의견도 들어 보려는 거야."

세라티와 레번을 돌아보며 카르나크가 질문을 이었다.

"올바르게 사는 사람들은 이런 상황에서 무슨 수로 벨티아를 이기냐?"

두 사람이 눈을 깜빡였다.

"어……."

"못 이기겠죠?"

방법이 떠오를 리가 없었다.

애초에 정정당당하게 이기려면 실력을 키우는 수밖에 없지 않은가?

"역시 그런가."

고소를 머금은 채 카르나크가 손짓을 했다.

"알았어. 좀 더 고민해 볼 테니 일단 자기 일들 하고 있어."

다들 자리에서 일어났다.

레번과 바로스가 먼저 밖으로 나섰다.

마지막으로 숙소를 나서다 말고 세라티가 고개를 돌렸다.

"카르나크 님."

"응? 왜?"

"이제껏 떠든 말이 있는데 이제 와서 할 말은 아닌 것 같지만요……."

머뭇거리던 그녀가 걱정하는 얼굴로 카르나크를 바라보았다.

"사실 저도 그리 올바르게 사는 사람은 아니거든요."

비교 대상이 카르나크라서 그렇지, 사실 세라티도 일반인 기준에서 딱히 선인인 것만은 아니다.

"솔직히 말씀드리면, 사람답게 굴다가 허무하게 죽는 것보단 악랄하게라도 살아남는 게 낫다고 생각해요."

"뭐야, 나보고 예전처럼 살아도 된다는 거야?"

"그러니까 제발 사람 말 좀 곡해해서 듣지 마시고요……."

한숨을 푹 쉰 뒤 세라티가 말을 이었다.

"그저 끝까지 고민해 주셨으면 할 뿐이에요. 그게 정말 필요한 행위였는지, 정녕 다른 방법은 없었는지에 대해서."

말을 마친 뒤 그녀도 숙소 밖으로 나갔다.

홀로 남은 카르나크가 진중한 표정을 지었다.

"흐음."

턱을 매만지며, 세라티 말대로 고민에 빠져 본다.

어떻게 하면 최대한 사람답게 굴면서도 지금의 벨티아를 이길 수 있을까?

'아니, 그보다 사람답지 않은 게 무엇인지부터 정의하는 게 순서인가?'

세라티와 레번의 반응을 보면, 억울한 이를 만들거나 악몽을 꾸게 만들거나 하는 행위가 인간답지 않다는 듯하다.

'즉, 아무리 적이라 해도 함부로 정신을 후벼 파지 말라 이거지?'

문득 카르나크의 입가에 미소가 떠올랐다.

❈

여명탑 정벌군이 아무리 마물과 악령 위주로 적을 상대한다고 해도, 디오그레스 측 병사들도 마냥 놀고 있는 것만은 아니었다.

이들 역시 보조적인 전투는 꾸준하게 치르고 있으니 부상자가 전혀 나오지 않을 순 없다.

더구나 사기와 탁기가 디오그레스군만 비껴갈 리는 없으니, 던전 내의 숙영지를 꾸준히 관리하는 것도 제법 공이 들어간다.

덕분에 밀리아는 오늘도 바쁘게 움직이고 있었다.

"성직자님! 여기 정화 좀!"

"네, 알았어요!"

"여기도 정화 필요합니다요!"

"금방 갈게요!"

여명탑 정벌군 쪽은 정규 제국군답게 여신교 성직자들로 이루어진 대규모 신관단이 종군하고 있다.

반면 디오그레스군 쪽은 밀리아가 유일한 성직자였다.

수장이 사교도 누명을 쓴 처지다 보니 공식적으로 여신교의 도움을 받을 수 없는 것이다.

유일한 성직자이자 정화술사이자 치유술사인 만큼, 그녀는 지금 병사들 사이에서 거의 성녀 취급을 받고 있었다.

정화술 한 번, 치유술 한 번 펼칠 때마다 다들 부담스러울 정도로 고마워한다.

"덕분에 살았구먼."

"어휴, 성직자님 안 계셨으면 어쩔 뻔했나?"

"뭘요, 여신을 섬기는 이라면 응당 해야 할 일인데."

겸양을 떨긴 했지만 밀리아도 나쁜 기분은 아니었다.

대부분의 성직자들이 그렇듯, 그녀도 원래는 사람을 구하고 보살피는 삶을 꿈꾸며 성직에 몸을 담았다.

그런데 정작 신관이 된 후 주로 맡은 임무는?

2급 심문관으로서, 정치단체인 킹스 오더에 몸담은 채 온갖 사교도를 붙잡아 고문하고 파묻고 모가지 자르는 일만 해온 것이다.

그에 비하면 지금은 정말 성직자답게 살고 있는 기분이다.

"헤헤헤……."

뿌듯해하며 그녀가 미소를 지을 때였다.

갑자기 비밀 전언이 들려왔다.

[밀리아, 잠깐 나 좀 보자.]

카르나크의 목소리였다. 그래서 밀리아는 탄식했다.

"아……."

잠깐 잊었는데, 그녀는 이제 사악한 사령술사의 권속이 되었다.

게다가 딱히 실감이 안 날 뿐 여전히 반인반마의 상태, 어둠의 권능이 봉인된 저주받은 몸이다.

그래서일까?

본능적으로 알 수 있었다.

보람찬 성직자 생활은 끝났고, 뭔가 불길한 업무가 자신을 기다리고 있다는 사실을.

[왜 그래? 혹시 바빠? 나중에 이야기할까?]

[아뇨, 갈게요…….]

드렐타인은 던전에 진입한 정찰대를 모조리 지상으로 복귀시켰다. 그리고 새롭게 탐색대를 꾸렸다.

크레타스 기사단 중에서도 오직 오러 유저만.

제국 마탑의 마법사 중에선 6서클 이상만.

여신교의 성직자들 중에서는 2급 신관들을.

원래대로라면 각 부대의 지휘관 격이었을 이들을 따로 모아 하나의 부대로 만든 것이다.

그리고 이들을 엘레자르와 드렐타인이 직접 이끈다.

"생각보다 규모가 크네요."

모아 놓고 보니 그 숫자가 거의 100에 다다른다.

"일반병들은 지상에 주둔시키나요?"

"그들에게도 할 일이 있으니까."

지상에서 포위망을 구축하는 것도 중요하다. 그래야 혹여 디오그레스가 던전을 빠져나와 따로 도주할 경우 곧바로 대응할 수 있다.

물론 지상의 병력으로 디오그레스를 붙잡거나 할 수 있다는 소리는 아니었다.

상대가 무려 대마법사인데? 포위해 봐야 대규모 마법 연타로 얻어맞고 곧바로 뚫리겠지.

그저 행적을 파악하는 것만으로도 충분하다.

세를 잃고 도주하는 디오그레스를 따라잡는 건 그리 어려운 일이 아니니까.

데스테란에게 뒤통수 맞았을 땐 최초의 행적을 파악하지 못해 대응이 늦어진 탓이 컸다.

모든 준비를 마친 뒤 엘레자르와 드렐타인은 던전의 입구로 향했다.

그런 둘의 뒤를 한 여인이 따르고 있었다.

다른 이들과 달리 평범한 복장에 장검 한 자루만을 안고 있는 40대 아낙이었다.

문득 엘레자르가 그녀를 돌아보았다.

"벨티아, 교단의 성검이여."

"예, 파괴의 성녀시여."

차음 결계를 펼쳐 타인에겐 들리지 않는 대화였다.

"이번에는 실패하지 않으시겠지요?"

벨티아의 두 눈이 섬뜩하게 빛났다.

"물론입니다."

"좋아요."

다정한 목소리가 아이 잃은 어미의 귓가를 간질였다.

"잊지 마세요, 테스라낙 님을 섬기는 것만이 딸을 다시 만나는 유일한 길임을."

지저의 격전

수십의 회색빛 악령들이 허공을 가득 누빈다. 광활한 던전의 공동 속에서 끔찍한 귀곡성이 흐느끼듯 퍼져 나간다.

아아아아아아!

평범한 인간이라면 이 귀곡성만으로도 정신을 잃고 쓰러졌을 것이다. 그만큼 악령들이 뿜어내는 탁기는 짙고 강력했다.

"흥!"

콧방귀를 뀌며 말턴은 몸을 날렸다.

찬란한 투기검이 눈앞의 회색 악령을 베어 넘긴다. 처절한 비명과 함께 악령이 허공에서 산산이 흩어진다.

캬아아아악!

크레타스 기사단 4대대를 맡고 있는 그였다. 이미 10년 넘게 오러를 수행해 온 베테랑, 이 정도 악령들에게 쩔쩔매는 수준은 진작 벗어났다.

"별것도 아닌 놈들이⋯⋯."

다른 악령들 역시 처지는 그리 다르지 않았다.

수십 마리에 달하는 악령들, 그 앞에서 수십 줄기의 붉고 푸른 투기검이 찬란한 빛을 발하고 있었다.

혼자서도 악령 대여섯 마리쯤은 쉽게 상대할 수 있는 오러 유저들이, 심지어 악령보다 숫자도 더 많다는 의미다.

결과야 뻔하지 않겠는가?

깔끔하게 주위를 청소하는 크레타스 기사들을 보며 부단장, 실버 나이트 마그너스는 고개를 절레절레 저었다.

"왜 모험가들이 던전을 소규모 정예로만 탐사하는 건지 알겠군."

각자의 부대를 이끌 때는 연신 후퇴만 일삼던 이들이었다.

그런데 짐 덩이였던 일반병이 없으니 홀가분하게 잘만 싸운다. 순전히 자기 한 몸만 지키면 되니까.

2대대장 에티얼 경도 고개를 끄덕였다.

"던전에선 그에 걸맞은 전법이 있다는 뜻이겠죠."

이후로도 토벌대는 문제없이 나아갔다.

악령이나 마물이 꾸준히 출몰하긴 했지만 워낙 전력 차가 컸다. 어렵지 않게 물리칠 수 있었다.

디오그레스군과는 마주치지도 않았다. 아예 작정하고 전부 후퇴시킨 듯했다.

이해할 수 있는 상황이었다.

"똑같이 던전이라는 좁은 장소에서 싸우고 있잖아?"

"일반 병사들이 짐 덩이 되는 건 저쪽도 마찬가지란 소리지."

고작 반나절 만에 던전 토벌대는 지저 5층까지 나아갈 수 있었다.

병사들 데리고 왔을 땐 며칠이 걸려도 도달하지 못했던 곳이었다.

크레타스 기사단 3대대장 랄스 경이 아쉬운 표정을 지었다.

"진작 이랬으면 좋았을걸."

물론 병사들이 없으니 그만큼 힘들고 바쁘긴 하다.

하지만 자신들이 고작 피 몇 방울 더 흘리는 것만으로 귀한 일반병들의 생명을 지킬 수 있지 않은가?

문득 의아해졌다.

왜 엘레자르와 드렐타인은 처음부터 이런 식으로 나서지 않았을까?

잠시 고민하던 랄스는 이내 고개를 저으며 상념을 떨쳤다.

'아마도 내가 모르는 무엇인가가 있겠지.'

감히 의심하기엔 저들의 명성과 권위가 너무 높았다.

'나도 아는 걸 저분들이 몰랐을 리가 없잖아?'

✳

랄스의 생각대로, 엘레자르와 드렐타인은 저 사실을 매우 잘 알고 있었다.

그저 관점이 조금 달랐을 뿐이다.

저 말을 반대로 하면 이렇게도 되는 것이다.

일반병의 목숨을 희생하면 내 소중한 피 몇 방울을 덜 흘려도 된다고? 아, 그럼 가차 없이 던져야지!

어째 상황이 이상하게 돌아가 이대로 던전에 진입하게 되어 버렸지만.

"실은 좀 더 정보를 긁어모으고 싶었는데 말이죠."

"할 수 없지. 평판도 신경 쓰지 않을 순 없으니."

태연하게 대화를 나누며 두 사람은 대열의 후미에서 느긋하게 걸음을 옮겼다.

앞장선 이들이 모든 길을 깔끔하게 청소해 주었으니 딱히 할 일이 없었다.

6층까지 내려가자 넓은 공간이 나왔다.

무너진 고성과 건물들, 광장이 한꺼번에 파묻힌 광활한 지하 도시였다. 사방에 사기로 이루어진 푸른 불꽃이 떠다니고 있어 시야도 제법 확보되었다.

주위를 살피며 크레타스 기사들이 중얼거렸다.

"어째 조용하군요."

"원래는 여기에도 디오그레스 측 거점이 있었는데……."

"다들 후퇴한 모양입니다."

드렐타인도 고개를 끄덕였다.

"아무래도 좀 더 깊은 곳에서 결전을 벌일 생각인가 보군."

그렇다면 이쯤에서 한번 숨을 돌릴 필요가 있다.

"잠깐 쉬면서 정비하고 마저 나아가겠다."

건물 여기저기에 기대어 다들 휴식을 취한다.

그 틈에 드렐타인과 엘레자르는 광장 이곳저곳을 살폈다.

평범한 지하 도시였다.

흔해 빠진 파묻힌 유적, 그 이상도 이하도 아니다.

"역시 함정은 좀 더 안쪽에 파 두려는 모양이지?"

"그렇겠죠. 문제는 대체 무슨 함정을 준비해 두었냐는 건데……."

엘레자르가 인상을 썼다.

"아무리 생각해도 디오그레스에겐 이 상황을 타개할 만한 방법이 없어요."

그녀가 아는 모든 마법과 사령술을 총동원했지만, 이 정도 전력 차이를 극복할 결계 같은 것은 떠오르지 않았다.

"던전을 통째로 무너뜨려 우릴 생매장시키려는 게 아니고

서야 어디······."

순간 드렐타인의 안색이 굳었다.

"잠깐! 그건 심각한 문제가 아닌가?"

아무리 천하의 무왕이나 대마법사라도, 수 킬로미터에 달하는 이 거대한 지하 공간이 무너지면 무사히 빠져나갈 수 있다는 보장은 없는 것이다.

엘레자르가 피식 웃었다.

"그러니까 그건 불가능하다고요."

수 킬로미터에 달하는 지하 공간은 뭐, 아무나 무너뜨릴 수 있다나?

심지어 이곳은 평범한 지하 동굴도 아니고 던전이다. 내부 구조물 대부분이 사기와 탁기로 보호받고 있다.

수천 명이 드나들 정도로 거대한 던전을 무너뜨린다는 건, 성을 점령하고 싶으면 성벽을 통째로 무너뜨리면 된다는 소리나 다름없는 것이다.

"이 정도 던전을 무너뜨릴 재주가 있었으면 그냥 디오그레스 혼자서도 우리 모두를 해치울 수 있었을걸요."

자신만만하게 엘레자르가 답변을 마치던 그 순간이었다.

우르르릉!

갑자기 사방이 흔들리며 천장 곳곳에 금이 갔다. 그러더니 이내 돌덩이들이 우수수 떨어지기 시작한다!

쉬고 있던 이들이 기겁해 몸을 일으켰다.

"뭐, 뭐야?"

"동굴이 무너지나?"

집채만 한 바위들이 지하 도시 곳곳을 연달아 강타했다.

쿵! 쿠웅! 쿵!

드렐타인이 가늘게 뜬 눈으로 그녀를 돌아보았다.

"……못 한다며?"

그저 눈만 깜빡이는 엘레자르였다.

"어머?"

연신 굉음이 울린다. 바위가 바닥을 때릴 때마다 흙먼지가 자욱하게 피어난다.

하지만 그것이 토벌대에 실질적인 피해를 주진 않았다.

전부 공동 외곽, 토벌대로부터 한참 떨어진 곳에서 일어난 일이었으니까.

저 멀리서 바위가 떨어지고 먼지가 피어오르긴 하는데, 여기까지 영향을 미치진 않았던 것이다.

그래도 언제 자신들이 있는 위치까지 흔들릴지 모르니 다들 빠르게 대응했다. 성직자들은 저마다 방어막을 펼쳤고 오러 유저와 마법사도 각자 기운을 끌어 올렸다.

잠시 후 진동이 멈췄다. 더 이상 바위도 떨어지지 않았다.

저 멀리 파괴된 고성을 바라보며 제국 마탑의 마법사들이 어이없어하는 표정을 지었다.

상황을 파악한 탓이었다.

"뭐야?"

"고작 저런 거였나?"

던전이 통째로 무너지는 줄 알고 기겁했는데, 알고 보니 이미 부서진 고성의 파편들을 굴려 떨어뜨린 것에 불과했다.

물론 이것도 엄청난 위업이긴 하다.

집채만 한 거대한 바위를, 밀어서라도 떨어뜨린 게 어디인가?

하지만 저 정도는 어지간한 오러 유저나 고위 마법사라면 충분히 저지를 수 있는 일이다.

당연히 토벌대엔 아무 영향도 없었다. 기껏해야 피어오른 흙먼지로 시야가 흐려진 게 전부였다.

"왜 이런 의미 없는 짓을?"

오러로 돌풍을 일으켜 드렐타인이 먼지를 치울 때였다.

문득 그의 입가에 실소가 떠올랐다.

"아주 의미가 없는 건 아니었군."

흙먼지가 가라앉은 시가지 너머, 반파된 고성 여기저기서 사람들이 모습을 드러낸다.

익숙한 이들이었다.

디오그레스가 이끄는 서치 블랙의 오러 유저들과 여명탑

의 고위 마법사들이 어느새 토벌대를 포위한 것이다.

"잠깐 한눈팔게 만들 정도는 된다, 이거지?"

크레타스 기사단과 제국 마탑의 마법사들도 재빨리 전투 태세를 갖췄다.

반파된 시가지 곳곳에서 살기가 피어오르기 시작했다.

마지막으로 50대 사내가 성벽 위를 오른다.

마법으로 증폭된 목소리가 은은히 울려 퍼진다.

"오랜만이구려, 엘레자르 공, 드렐타인 경."

역시나 마법으로 음성을 증폭하며 엘레자르가 대꾸했다.

"어머나, 디오그레스 공. 다시 뵙게 되니 정말 반갑네요."

얼핏 태연해 보이지만 살짝 당황이 섞인 목소리였다.

"여기서 다시 뵐 줄은 몰랐지만 말이죠."

빙그레 웃으며 디오그레스가 말을 이었다.

"몰랐다니, 날 만나고 싶어 여기까지 온 것 아니었나?"

"그렇긴 한데……."

그녀가 주위를 힐끔거렸다.

"좀 다른 상황에서 뵐 줄 알았죠."

실제로 엘레자르는 당혹하고 있었다.

'뭐야? 전면전은 피하는 거 아니었어?'

현 상황에서 디오그레스가 이길 수 있는 방법은 얼마 없다. 아니, 사실은 하나뿐이다.

어떻게든 엘레자르와 드렐타인을 따로 유인한 뒤에 결계

함정들을 이용해 1명씩 해치우는 것.

그녀가 내내 함정만 신경 쓴 이유이기도 하다.

그런데 이제 와서 갑자기 부하들을 죄다 끌고 와 총력전을 건다?

"무슨 속셈이죠, 디오그레스?"

지팡이를 천천히 들어 올리며 엘레자르가 혀를 찼다.

"아무 준비도 없이 우릴 맞이할 만큼 어리석진 않잖아요?"

디오그레스 역시 손에 쥔 완드를 상대에게 겨눴다. 새벽녀울의 지팡이를 잃고 임시로 챙겨 둔 완드였다.

"왜 내가 준비해 둔 것이 없다고 생각하는 거요?"

그녀가 차갑게 대꾸했다.

"없으니까요."

주위를 크게 둘러보며 말을 잇는다.

"저 역시 10서클의 종사자예요. 근처에 함정이 있는지 없는지 정도는 알 수 있거든요?"

방심하고 무심코 지나친다면 모를까, 내내 정신을 집중하고 있었다. 그런 자신을 속이고 마법 결계를 깔 수 있을 리 없다.

그럼에도 디오그레스는 여유를 잃지 않았다.

"그럼 함정 따윈 없다고 생각하시게."

그러더니 갑자기 전신의 마력을 폭발적으로 끌어 올린다!

"그쪽이 나도 편할 테니까!"

쿠우우웅!

주위의 대기가 단숨에 밀려나며 보이지 않는 파동이 사방을 뒤덮었다.

가공할 마력이 한 번에 현현할 때 일어나는 현상이었다.

기운을 느낄 수 있는 모든 오러 유저와 마법사, 성직자가 일제히 기겁해 제자리에서 굳었다.

'컥!'

'젠장, 역시 대마법사구나!'

물론 동급의 강자에겐 딱히 놀랄 일이 아니다.

"어머나, 많이 호전적이 되셨네?"

요염한 미소를 지으며 엘레자르도 함께 마력을 떨쳤다.

쿠우웅!

보이지 않는 두 힘이 허공에서 충돌했다.

마력의 해일이 사방으로 흘러넘치며 연신 대기를 찢었다.

이것이 신호였다.

"으아아아!"

데스테란의 포효와 함께 서치 블랙의 오러 유저들이 몸을 날렸다. 여명탑의 마법사들도 일제히 공세를 취하기 시작했다.

크레타스 기사단과 제국 마탑의 마법사들도 허겁지겁 반격에 나섰다.

"젠장! 시작인가?"

"이렇게 갑자기?"

당혹스럽다.

자신들의 예상으로는 최소 대여섯 층은 더 나아간 후에야 전투가 벌어질 줄 알았던 것이다. 그런데 의표를 찔려 버렸다.

그래서 더더욱 이해가 안 갔지만.

'의표를 찌른다고 다가 아니잖아?'

'불리한 상황을 자처하는 게 무슨 의미가 있다고?'

어쨌거나 상황은 이미 터져 버린 후다.

"뭔 수작인지는 모르겠다만……."

"이번에야말로 결판을 내 주마!"

사방에서 양측의 오러와 마법이 난무하며 어지럽게 얽히기 시작했다.

＊

폐허가 된 성벽 위에 서서 금발의 여인이 지팡이를 내민다. 낭랑한 목소리가 허공을 타고 흐른다.

"울어라, 적막의 뇌격, 불꽃의 혀로 빛나는 자여!"

제국 황실 마법사에게 대대로 전해지는 기물, 백금의 여왕이 거대한 번개와 불꽃을 토했다.

강렬한 마법의 힘이 두 줄기 용이 되어 꿈틀대며 쏘아졌다.

디오그레스 역시 완드를 겨누며 응수했다.

"속삭이는 물결, 일렁이는 눈부신 바람이여!"

푸른 기류가 회오리를 일구며 두 줄기 용과 충돌한다.

찢어지는 듯한 굉음이 드넓은 던전 내 공동을 가득 울린다.

결과는 박빙이었다.

서로가 한 치도 물러서지 않은 채, 모든 위력을 흘리고 또 소멸시키며 제자리에 우뚝 서 있었다.

조금 떨어진 곳에서 지켜보던 드렐타인이 태연하게 물었다.

"도와드릴까?"

엘레자르가 고개를 저었다.

"필요 없어요."

단순히 디오그레스를 이기는 것이 목적이라면 곧바로 두 사람이 합공해 시체도 안 남기고 소멸시키는 게 최선이겠지.

하지만 이들의 목표가 그것이던가?

미래의 동료가 강림할 소중한 육신이다. 어디까지나 사지 멀쩡하게 제압해야 한다.

예전에야 기회를 틈타 기습적으로 마법 봉인을 거는 게 목적이었으니 드렐타인과 합공하는 쪽이 유리했지만 지금은 상황이 다른 것이다.

'디오그레스쯤 되는 인간이 한 번 당한 수법을 또 당할 리

가 없지.'

마력 봉인을 쓰지 못하는 이상 디오그레스의 마력을 순차적으로 깎아 내며 무력화시킬 필요가 있다. 이 경우엔 단독으로 싸우는 쪽이 대미지 컨트롤이 수월하다.

"다른 놈들이 훼방이나 못 놓게 해요."

"그러지."

순순히 물러나며 드렐타인이 반대편으로 시선을 돌렸다.

"어디 보자……."

어지럽게 뒤섞인 오러 유저들과 마법사들을 바라보며 느긋하게 뇌까린다.

"이 몸을 상대할 만한 자는 없는가?"

공동 저편에서 날카로운 외침이 터졌다.

"내가 상대하겠다!"

동시에 수십 줄기의 은빛 오러 사슬이 드렐타인의 사방을 에워싸며 날아든다.

"데스테란인가?"

드렐타인은 움직이지 않았다.

아니, 움직이지 않은 정도가 아니라 아예 대응 자체를 하지 않았다.

그럼에도 수십 줄기의 오러 사슬은 그의 터럭 하나 건드리지 못했다.

또 다른 목소리가 터져 나오며 은빛의 파동이 사슬을 모조리 걷어 낸 것이다.

"넌 자격이 없다, 데스테란!"

크레타스 기사단 부단장이자 드렐타인의 심복, 실버 나이트 마그너스였다.

"네놈 따위가 각하의 검을 마주할 수 있을 것 같으냐?"

공세를 걷어 내자마자 마그너스가 땅을 박차며 재차 오러를 내뿜었다. 투기의 칼날이 데스테란을 밀어붙이며 대지를 파헤쳤다.

콰콰콰쾅!

수십 미터나 뒤로 밀리면서도 데스테란은 쓰러지지 않았다.

오히려 유연하게 기운을 흘리며 날아든 투기검을 사방으로 흩어 놓는다. 수많은 오러의 파편이 고성이며 건물을 두들겨 폭음을 일군다.

검을 고쳐 쥐며 데스테란도 몸을 날렸다.

"제기랄!"

두 줄기 은빛 섬광이 허공에서 격돌하며 파동을 뿜어내기 시작했다.

＊＊＊

디오그레스 콜론을 따르는 여명탑의 고위 마법사들과 엘

레자르를 따르는 제국 마탑.

이들의 전력은 큰 차이가 없다. 숫자도 경지도 엇비슷하다.

덕분에 마법사들의 전투는 팽팽한 구도를 유지하고 있었다.

반면 크레타스 기사단과 서치 블랙의 오러 유저 전력은 차이가 제법 난다.

각 대대장들과 데스테란의 심복들은 서로 실력이 비슷하다. 심지어 서로 싸워 본 적도 많아 상대를 잘 알고 있기도 하다.

하지만 오러 유저의 절대적인 숫자가 부족한 것이다.

크레타스 기사단의 오러 유저는 서른이 넘는데 서치 블랙측은 기껏해야 스물 남짓.

상식대로라면 서치 블랙 쪽이 압도적으로 밀려야 할 것이다.

하지만 의외로 이들 역시 팽팽한 국면을 유지하고 있었다.

아까부터 자색의 투기검을 휘두르며 맹수처럼 날뛰는 한 소녀의 존재 때문이었다.

"타아아앗!"

날카로운 기합과 함께 잿빛 머리 소녀가 기사들 사이로 뛰어든다. 사방으로 보랏빛 섬광이 뻗어 나온다.

-타스칼 검술, 연속 찌르기!

물론 크레타스의 기사들도 순순히 당하지만은 않았다. 오러를 끌어내 공격에 대응하며 최대한 몸을 지켰다.

그럼에도 다들 날아드는 자색의 오러 앞에 가랑잎처럼 날아가 버린다.

"크윽!"

"킥!"

간신히 자세를 고쳐 선 뒤 크레타스 기사들은 경악한 표정을 지었다.

'대체 저 아이는……'

'정체가 뭐지?'

아무리 봐도 평범한 소녀였다. 이제 겨우 성장기에 들었는지 육체가 아직 다 자라지도 않았다.

그런데 휘두르는 검은 완성을 넘어 궁극에 다다라 있다.

-타스칼 검술, 좌우 베기!

잿빛 머리 소녀가 또다시 검격을 흩뿌렸다.

이 또한 얼핏 보기엔 평범한 사선 베기의 연타였다.

그런데 그 속에 깃든 자색의 오러는 전혀 평범하지 않았다.

안개처럼 피어올라 번개처럼 내려친 뒤, 해일처럼 밀려와 눈처럼 흩날린다!

콰콰콰쾅!

간신히 직격을 피했지만 순식간에 전신이 피투성이가 되었다.

숨을 헐떡이며 기사들은 이를 악물었다.

'자연을 검에 담으라는 게 그냥 하는 소리인 줄 알았는데…….'

'저게 진짜 되는 거였어?'

여기 있는 이들도 다들 오러 유저다. 검 쥔 자들이 꿈에도 그리는 경지에 오른 자들이란 소리다.

그런 오러 유저들에게조차 꿈같은 소리로 느껴지는 검술을 고작 10대 소녀가 펼쳐 내다니?

수십 년을 검에 매진한 이들에겐 실로 악몽 같은 상황이었다.

특히나 마흔이 넘은 이들의 경우엔 더더욱 그러했다.

'어떻게 저 나이에 저런 오러를?'

'너무 어리잖아!'

'심지어 우리 첫째 딸이 저 나이인데!'

중년 기사 하나가 분노로 치를 떨며 울부짖었다.

"저 집 딸은 저 나이에 퍼플인데 우리 집 애는 왜 아직도!"

세라티는 실소를 흘렸다.

'이상한 데서 흥분하시네, 저 아저씨들.'

그리고 눈앞의 기사에게 일 검을 내리쳤다.

"타앗!"

타스칼 검술의 머리치기가 푸른 오러를 동반해 날아들었다.

화려하기 짝이 없는 라피셀의 검술과 비교하면 그저 평범할 뿐인 일격이었다.

그런데 받아치는 크레타스 기사들은 연신 신음을 흘린다.

"으으윽!"

이유는 단순했다.

'무슨 블루 나이트의 검력이 이렇게 세지?'

딱히 경악스러운 몸놀림과 오러 운용을 보이진 않는다. 그냥 열심히 휘두르고, 피하고, 반격하고, 검을 내려칠 뿐이다.

그런데 실린 오러의 위력이 강해도 너무 강했다.

동급의 블루 나이트는 고사하고 퍼플조차도 감당하기 힘들 지경이었다.

딱히 기분 탓인 것만도 아니었다.

크레타스 기사단 2대대장, 퍼플 나이트 에티얼 경 역시 세라티의 검을 어찌하지 못하고 있었으니까.

쾅아아앙!

폭음과 함께 청색과 자색의 투기검이 허공에서 격돌한다. 세라티의 전신이 뒤로 주르륵 밀렸다.

"윽! 역시 퍼플 나이트는 다르구나……."

혀를 내두르는 그녀를 보며 에티얼 경은 어이없어했다.

"청검기로 내 오러를 막았다고?"

분명히 청색의 경지였다. 오러의 색상만 봐도 확실하다.

그런데 왜 자색 투기검과 충돌하고도 멀쩡하단 말인가?

있을 수 없는 일이었다.

있을 수 없는 일이 일어났다면 이유는 하나뿐.

"어둠의 힘을 쓰고 있구나!"

이들은 디오그레스 콜론이 사악한 사교도와 결탁했다고 믿고 있으니 저렇게 생각하는 것도 무리는 아니었다.

'와, 억울하긴 한데 또 아니라고 할 수도 없네.'

어쨌든, 라피셀만큼은 아니지만 세라티를 상대하는 이들 역시 충분히 당황하고 있었다.

덕분에 상대적으로 열세임에도 팽팽한 상황이 이어진다.

그럼에도 세라티는 안심할 수 없었다.

아무리 자신들이 열심히 싸운다 해도, 심지어 운이 따라 승기를 잡는다 해도 아무 소용 없었으니까.

크레타스의 무왕, 드렐타인 텔릭스.

시프라스의 무왕, 벨티아 크로테움.

저 두 괴물이 건재한데 눈앞의 우위에 무슨 의미가 있겠는가?

하지만 그녀가 걱정한다고 저들을 어쩔 수 있는 것도 아니니……

'카르나크 님을 믿는 수밖에.'

그리고 눈앞의 전투에 최선을 다할 뿐이다.

푸른 투기검을 휘두르며 세라티는 재차 땅을 박찼다.

"타아아앗!"

━━━━━※━━━━━

수십 명의 오러 유저와 마법사가 뒤얽혀 싸운다.

전술이니 대열이니 하는 건 없다.

그냥 각자의 기량대로 싸우며, 동시에 사방의 눈치도 보면서, 눈앞의 적에게 집중해야 하는 전투.

상황을 살핀 드렐타인이 쓴웃음을 지었다.

"개판이군."

개판은 개판인데, 썩 나쁘지만은 않은 개판이었다.

이대로라면 결과는 뻔하다.

당장은 팽팽하게 맞붙을지 몰라도 시간이 흐를수록 불리해지는 건 디오그레스 측일 수밖에 없다.

양쪽엔 결정적인 차이가 있으니까.

"알리움이여, 당신의 가호를 내리소서!"

"내 적을 칠 검이 되소서!"

수십 명의 고위 성직자들이 혼란한 전장 여기저기에 퍼져 크레타스 기사단과 제국 마탑을 보좌하고 있었다. 이것만으로도 승패는 결정된 것이나 다름없었다.

한쪽은 지치거나 부상을 입어도 회복하는데, 다른 한쪽은 그대로?

뭔 짓을 해도 질 수밖에 없는 것이다.

물론 이걸 디오그레스가 모를 리 없고, 그러니 뭔가 속셈이 있을 터인데……

"그 속셈, 잘되어 가고 있기는 한 건가? 지금 같아선 어째 소용없어 보이거든."

팔짱을 낀 채 드렐타인은 눈앞의 두 사내를 바라보았다.

마그너스와 붙게 된 테스테란 대신 자신을 상대하겠다며 나선 이들이었다.

"모릅니다. 그런 건 디오그레스 님이 아시겠죠."

거친 금발을 지닌 청년, 바로스가 검을 뽑았다. 찬란한 은빛 오러가 칼날을 타고 올랐다.

"우린 그냥 시키는 대로 열심히 싸우면 그만이거든요."

레번 역시 전투태세를 취했다. 자색의 투기가 드렐타인을 향해 겨누어졌다.

"실버 나이트에 퍼플 나이트라……."

드렐타인이 실소를 흘렸다.

"나이에 비해 대단한 경지인 건 사실이지만, 그 정도로 나를 상대할 수 있다고 보나?"

여전히 바로스는 태연했다.

"승부는 붙어 봐야 아는 것 아니겠습니까?"

"붙어 봐야 알 정도로 만만한 승부는 아닐 텐데 말이지."

비웃으며 드렐타인도 검을 뽑았다.

"뭐, 그건 그렇다 치고."

은은한 금빛 오러가 날을 타고 흐른다.

"그럼 또 1명의 무왕은 누가 상대하실 건가?"

그때였다.

파아아아앗!

또 하나의 금빛 섬광이 솟구쳐 사방을 밝혔다. 아까부터 말없이 검을 끌어안고 있던 40대의 아낙이었다.

서치 블랙과 여명탑의 마법사들이 경악해 눈을 부릅떴다.

"헉!"

"뭐야? 금검기?"

"또 1명의 무왕이 이 자리에 있었다고?"

드렐타인의 입가에 맺힌 미소가 더욱 짙어진다.

"이것도 예상하셨나? 응?"

그리고 살짝 당황했다.

정작 바로스와 레번은 전혀 놀란 얼굴이 아니었던 것이다. 이미 짐작한 듯 표정이 실로 평온하다.

동시에 무너진 성벽 너머에서 한 사내가 모습을 드러내며 고함을 터트린다.

"벨티아 크로테움!"

검은 로브를 걸친 흑발의 청년이었다.

그를 본 벨티아의 표정이 사정없이 구겨졌다.

"네놈은?"

청년이 휙 하고 성벽 아래로 모습을 감췄다.

벨티아가 곧바로 땅을 박차며 날아올랐다.

"카르나크 제스트라드!"

수십 미터의 거리가 단숨에 좁아지며 금빛 섬광이 공동 내에 길게 빛의 궤적을 남긴다.

"놓칠 것 같으냐!"

채 말릴 틈조차 없었다. 둘의 모습이 삽시간에 공동 저편으로 사라져 버렸다.

드렐타인의 말문이 막혔다.

"……."

이놈들 기 좀 죽여 보려고 나름대론 야심차게 준비한 등장이었는데, 영 허무하게 끝난 것이다.

바로스가 능글맞게 웃었다.

"또 1명의 무왕은 저희 도련님이 상대하실 것 같군요."

혀를 차며 드렐타인이 고개를 저었다.

"거참, 유인책에 조심하라고 그리 일러뒀는데……."

뭐, 잠깐 당황한 건 사실이지만 딱히 문제 될 것은 없다.

아마도 벨티아를 유인해서 이리저리 도망 다니며 시간을 벌겠다는 생각인 듯한데…….

"무왕이라 불리는 자들이 뭘 할 수 있는지 전혀 모르는 모양이구나."

그렇지 않고서야 이 하룻강아지들이 저런 멍청한 작전을 짤 리가 없지.

"뭐, 좋다."

드렐타인의 전신에서 황금의 광휘가 흘러넘치기 시작했다.

"이 기회에 확실히 알려 주마."

처음부터 벨티아의 존재를 눈치챈 것은 아니었다.

그녀에게 새겨진 마킹의 오차 범위가 수십 킬로미터에 달한다는 것이, 무슨 수백 킬로미터 밖에서도 상대를 감지할 수 있다는 의미는 아니다.

그냥 수십 킬로미터 이내까지 다가와야 감지할 수 있는데, 정확한 방향이나 거리는 알 수 없고 '대충 이 근처에 있나 보네?' 정도만 느낄 수 있다는 소리다.

그런데 이제껏 카르나크가 취한 움직임은?

황태자를 납치해 제도를 교란시킨 건 그의 사주를 받은 서치 블랙이었다.

2차 여명탑 정벌군의 정보 역시 서치 블랙에 시켰지 카르나크 본인이 직접 움직인 것은 아니다.

이후 정벌군이 여명탑을 향했을 때는 이미 펠란티아 산맥으로 도주한 후.

닭 쫓던 개가 된 정벌군이 산맥까지 쫓아왔을 땐 던전 안에 몸을 숨긴 다음이었다.

한 번도 정벌군과 수십 킬로미터 이내의 거리까지 가까이 간 적이 없는 것이다.

덕분에 던전 내에 자리 잡은 후에야 벨티아의 존재를 감지할 수 있었다.

평소처럼 착실하게 몸 사리다가 생긴 역효과랄까?

골치 아픈 문제였다.

기껏 작전 세워 놓고 열심히 진행 중인데 갑자기 변수가 툭 튀어나왔다.

그 변수에 맞춰 작전을 재조정할 만큼 전력에 여유가 있는 상황도 아니다.

아마 전생이었다면 저 시점에서 포기했을 것이다.

디오그레스건 서치 블랙이건 간에 그냥 버리고, 휘하 권속들만 슥 챙겨서 입 딱 씻고 도주하는 것이다.

배신당한 사람들이야 그를 저주하며 죽어 나가겠지만 카르나크가 알 바는 아니고.

하지만 사람답게 살기로 결심한 지금은 그럴 수 없다.

덕분에, 그는 전생이었다면 절대 하지 않았을 짓을 택했다.

목숨을 거는 것이었다.

섬뜩한 목소리가 등 뒤로 울린다.

"카-르-나-크!"

지독한 살기를 담은 죽음의 목소리였다.

"놓칠 것 같으냐!"

금빛 오러가 섬광이 되어 날아든다. 벨티아가 날린 금검의 일격이다.

고성 복도를 돌며 카르나크는 허겁지겁 마법을 발동했다.

"윈드 워크!"

바람 걸음의 주문이 그의 전신을 밀어낸다. 황금빛 오러가 아슬아슬하게 빗나가 빈자리를 때린다.

가공할 폭발이 고성을 크게 뒤흔들었다.

콰콰콰쾅!

"으아, 맞을 뻔했네."

혀를 차며 카르나크는 오른손을 뻗었다.

손에 쥔 검은 주사위, 역시공 초월체가 회전하며 검은 마력을 뿜기 시작했다.

"빛이 길을 밝혀 하늘을 가른다!"

백색의 섬광, 순수한 파괴의 힘이 벨티아를 향해 쏘아졌다. 고위 마법 중에선 가장 빠르게 시전할 수 있는 주문, 7서클의 아케인 스트라이크였다.

벨티아는 피하지 않았다.

"약하구나."

피할 필요가 없었다.

그저 무심히 검을 허공에 내리긋는다. 황금의 장막이 날아드는 섬광 앞을 가로막는다.

"흥."

폭발조차 일어나지 않았다.

금빛이 섬광을 감싸 그대로 뭉개며 허공에서 소멸시켜 버린 것이다.

허무하게 사라지는 아케인 스트라이크를 보며 카르나크가 입맛을 다셨다.

"하긴, 나도 안 먹힐 것 같긴 했어."

천하의 무왕을 상대로 고작 7서클 마법 내밀어 봐야 결과는 뻔한 것이다.

그럼에도 아케인 스트라이크를 쓴 이유는 별것 아니었다.

'당장 뭐라도 하지 않으면 그 자리에서 오러 맞고 훅 갈 것 같아서 그랬지.'

아무래도 마법의 위력을 좀 더 높여야겠다.

카르나크의 오른손이 한 번 더 검은 마력을 피워 올렸다. 동시에 그의 어깨 너머로 12개의 회색빛 마법진이 생성되기 시작했다.

마령술, 가로지르는 잿빛의 유성이었다.

7서클의 아케인 스트라이크를 중첩해 9서클급의 위력을 내는 이 수법이라면 아무리 벨티아라도 아까처럼 무시할 수 없을 것이다!

……주문을 끝까지 외울 수만 있다면 말이지만.

"느리구나."

벨티아가 오른손을 가볍게 떨쳤다. 금빛 오러가 거대한 빛의 참격을 내리꽂았다.

콰콰콰쾅!

명멸하던 12개의 회색빛 마법진이 일제히 날아갔다. 채 발동하기도 전에 주문이 깨진 것이다.

또다시 벨티아의 금빛 파동이 카르나크의 전신을 짓눌러 왔다.

"순순히 그 생명을 테스라낙께 바쳐라!"

쏟아지는 폭격 속에서 카르나크가 취할 선택지는 하나뿐

이었다.

"젠장!"

또 목숨 걸고 죽어라 도망치는 것.

"윈드 워크!"

바람 걸음의 마법을 발동해 간신히 공세를 피한다.

그럼에도 완전히 피하지 못해 오러 파문이 옆구리를 때렸다.

정말 사소하게 스쳐 지나간 일격이었다. 비유하자면 머리카락 한 올 정도 스친 느낌?

그런데도 전신으로 통증이 밀려온다.

"크으윽!"

카르나크가 얼굴을 구겼다.

'역시 마법이나 마령술로는 안 통하나…….'

마법은 시전 시간은 짧지만 위력이 너무 낮고, 마령술은 위력은 있는데 시전 시간이 너무 길다.

문득 카르나크의 입가에 옅은 미소가 떠올랐다.

'그래도 시도는 해 봤어, 그렇지?'

세라티도 누누이 말했다.

정말 필요한 행위였는지, 정녕 다른 방법은 없었는지 끝까지 고민해 달라고.

'이 정도면 할 만큼 했다!'

카르나크가 역시공 초월체를 강하게 움켜쥐었다.

순간 벨티아는 흠칫 놀랐다. 카르나크의 전신을 휘감고 있던 혼돈마력이 갑자기 변한 탓이었다.

'이건?'

순수한 마나로 느껴지던 기운이, 단숨에 짙은 어둠과 죽음의 향기를 풍긴다!

칠흑의 기운을 전신에 두르며 카르나크가 뒤로 뛰었다.

"섀도 점프! 디멘션 슬라이드!"

동시에 허공에서 녹아들듯 사라진다.

그림자와 그림자 사이로 이동한 뒤, 허수 계면을 미끄러진 것이다.

순식간에 카르나크가 벨티아의 사정권 밖까지 멀어졌다. 그녀의 안색이 굳었다.

"……사령술!"

상대가 사령술을 썼다는 사실에 놀란 건 아니다. 이미 그녀는 카르나크의 사령술에 호되게 당한 바 있다.

그저, 당시의 기억이 한 번 더 떠올랐을 뿐.

악몽이 고통이 되어 벨티아의 심장을 후벼 판다.

"으아아아아!"

상처 입은 여인의 한탄이 파괴의 빛이 되어 사방으로 뿜어져 나왔다.

"죽인다, 카르나크! 기필코 죽여 버리겠어!"

드넓은 공동 곳곳에서 혼탁한 난전이 이어지고 있었다.

워낙 서로 뒤얽혀 엉망으로 싸우는 중이었다. 대체 상황이 어떻게 돌아가는 건지, 아군이 이기고 있는지 지고 있는지조차도 알 수 없었다.

하지만 그 와중에도 적아를 막론하고 본능적으로 멀리하는 장소가 존재했다.

시가지 중앙에 위치한 반파된 고성.

2명의 대마법사가 격돌하는 곳이었다.

"내려앉는 번뜩임의 눈이 빛의 용이 될지니!"

엘레자르의 뇌격이 하늘과 땅을 동시에 타고 흐른다.

"빛을 내리는 자여, 그 날개를 드리워라!"

디오그레스의 방어 장막이 성을 뒤덮을 듯 펼쳐진다.

양쪽 모두 9서클 마법이었다.

아무리 10서클의 종사자라 해도, 지금 같은 상황에서 궁극 주문을 쓸 순 없었다. 시간이 너무 오래 걸리니까.

절반도 채 못 외우고 주문 끊긴다.

게다가, 9서클 마법도 대마법사 손에서 펼쳐지면 어차피 파괴력은 충분하다.

쿠쿠쿠쿠쿵!

가공할 마력의 충돌이 이어졌다. 지저임에도 뇌성이 쩌렁 쩌렁 울려 퍼졌다.

어찌나 강력한 마법이었는지, 충돌한 여파만으로도 사기와 탁기로 보호받는 던전 구조물이 마치 비스킷처럼 산산이 박살 나 흩어진다.

백금의 여왕을 움켜쥔 채 엘레자르가 혀를 내둘렀다.

"역시 만만치 않네요."

상당히 지친 표정이었다.

이들은 이런 격돌을 벌써 수십 차례나 해 온 것이다. 아무리 대마법사라도 마나 소모량이 상당할 수밖에 없다.

그럼에도 디오그레스는 웃지 못했다.

"제길……."

그의 마나 소모량은 더 심했다.

'역시 새벽너울의 지팡이가 없는 게 크군.'

초반에는 그럭저럭 버틸 만했다. 하지만 가랑비에 옷 젖는다고, 시간이 흐를수록 둘 사이의 격차가 커져 갔다.

이대로 계속 싸우면 누가 먼저 탈진할지는 안 봐도 뻔하다.

"자, 그럼 계속할까요?"

백금의 지팡이가 현란한 빛의 윤무를 뿌렸다. 9서클 섬광주문, 인터피어런스 오브 루인이었다.

디오그레스도 재빨리 대항했다.

"어딜!"

거대한 얼음 기둥이 한기를 흩뿌리며 빛의 장막을 꿰뚫었다. 9서클 동결 주문, 앱솔루트 스피어였다.

두 강대한 마법이 충돌하며 수증기 폭풍이 일어 올랐다.

우르르르릉!

동시에 두 대마법사가 주춤거리며 물러났다.

또 서로의 마력이 얽혀 양쪽에 충격을 준 것이다.

"으윽!"

"큭!"

이번엔 엘레자르가 손해를 보았다.

디오그레스에 비해 그녀가 입은 충격이 더 컸다. 마나 역시 조금 더 많이 소모했다.

그래도 웃는 건 여전히 엘레자르였다.

똑같이 지치고, 똑같이 마나를 소모한다?

이것만으로도 결과는 정해져 있는 것이다.

뒤에 아무도 없는 디오그레스와 달리, 그녀 뒤에는 크레타스의 무왕이 건재했으니까.

⁂

드렐타인은 힐끔 고성 쪽을 바라보았다.

"잘되어 가고 있군."

그리고 다시 눈앞의 상대에게로 시선을 옮겼다.

피투성이가 된 사내 2명이 투기검을 쥔 채 그에게 달려들고 있었다.

전신을 은빛으로 물들인 거구의 사내가 일 검을 내려친다.

-델피아드 검투술, 오버 킬!

반대쪽에선 보랏빛 오러로 충만한 날렵한 청년이 역수로 검을 올려 친다.

-델피아드 검투술, 다운 힐!

바로스와 레번의 투기검이 드렐타인의 상하를 동시에 노렸다.

원래는 연속으로 이어지며 상대의 빈틈을 노리는 기술이다. 하지만 이렇게 협공으로 구사하면 없는 빈틈도 만들 수 있는 것이다!

뭐, 무왕에게까지 통한다는 소리는 아니지만.

'레번 경의 기술인가?'

익숙한 검술을 앞에 두고 드렐타인은 옅게 웃었다.

'하긴, 이쪽도 레번 경이지.'

그의 움직임이 순간 빨라졌다.

황금의 검이 번뜩이고, 중간 동작이 사라진 듯 결과가 바로 펼쳐진다.

"헙!"

일 검이 세상을 비껴 그었다.

섬뜩한 금빛 궤적이 바로스와 레번을 동시에 그어 갔다.

두 사람이 일제히 뒤로 튕겨 났다.

"크으윽!"

"쿠, 쿨럭!"

피 흘리며 바닥에 나뒹구는 둘을 보며 드렐타인이 혀를 내둘렀다.

"거참, 잘도 버티는구나."

확실하게 죽이려 날린 일 검이었다. 그런데 마치 예상이라도 한 듯 뒤로 구르며 아슬아슬하게 피한 것이다.

'둘 다 이상할 정도로 잘 버텨.'

특히 신경 쓰이는 건 저 듣도 보도 못한 금발 거구의 사내였다.

'바로스라 했던가?'

물론 드렐타인이 바로스에게 위협을 느낀다는 소리는 아니었다.

명색이 무왕인데 고작 실버 나이트에게 밀릴까?

실제로 지금 그는 터럭 하나 다치지 않고 바로스와 레번을 농락하고 있었다. 고작 몇 분 만에 둘 다 피투성이가 되었다.

하지만 이 말은 곧, 무왕인 자신을 상대로 '몇 분'이나 버티고 있다는 말도 되는 것이다.

바로스가 드렐타인의 검술에 익숙하기 때문이었다.

아슬아슬할 때마다 절묘하게 살길을 찾아 빠져나가는데, 마치 오랫동안 싸워 온 사이인 것처럼 반응이 능숙하기 그지없다.

하지만 오늘 처음 본 자가 드렐타인의 검술에 익숙할 리는 없으니…….

'그냥 전투 감각이 워낙 좋아서 그렇게 보이는 건가?'

라피셀 같은 사례도 있으니 아주 불가능한 일은 아니긴 하다.

하지만 그렇다고 보기에는 묘하게 낯이 익다.

분명 듣도 보도 못한 자인데 오러를 마주하는 순간 이상한 기시감이 느껴진다.

'모르겠군.'

혀를 차며 드렐타인은 계속 맹공을 펼쳤다.

그러던 중이었다. 고성 저편에서 대폭발이 일어났다.

콰아아아앙!

동시에 디오그레스가 고성 저편으로 처박히는 모습이 보였다.

아마도 마력 대결에서 크게 밀린 듯했다.

곧바로 엘레자르가 디오그레스를 쫓는다.

흙먼지가 피어오르며 두 대마법사의 모습이 빠르게 시야

에서 사라진다.

'나도 움직여야겠군.'

미리 엘레자르와 약속해 둔 바가 있으니, 드렐타인이 재빨리 땅을 박찼다.

"헙!"

바로스와 레번은 감히 드렐타인을 상대로 등을 돌릴 수 없다. 그렇게 큰 빈틈을 보이면 단숨에 목이 떨어질 것이다.

하지만 드렐타인은 얼마든지 등을 보일 수 있는 것이다.

금빛 섬광이 그대로 허공으로 솟구쳐 고성 저편으로 날았다. 바로스가 황급히 소리쳤다.

"쫓아가요!"

드렐타인과 엘레자르가 디오그레스를 협공하게 둘 순 없다.

두꺼운 흙먼지 사이로 두 사람도 허겁지겁 고성 저편으로 달려가기 시작했다.

무너진 고성의 회랑 사이에서 디오그레스가 몸을 일으켰다.

맨몸으로 건물이 부서지도록 들이받았음에도 멀쩡하다. 전신에 두른 방어 마력이 육체를 철저히 지켜 준 덕이다.

하지만 대가가 없는 것은 아니었다.

"크윽……."

디오그레스는 지끈거리는 이마를 짚었다.

한 번에 과도한 마나를 소모한 탓에 두통이 밀려오고 있었다.

회랑 맞은편에서 서서히 다가오는 엘레자르의 모습이 보인다.

"많이 지치신 것 같네요?"

틀린 말은 아니었다.

아무리 대마법사인 그라 해도, 똑같이 대마법사인 그녀와 마나 대결을 펼치니 소모 속도가 기하급수적으로 늘었다. 단순 계산만으로도 평소 마나양의 절반 이상이 소모된 상태였다.

그럼에도 디오그레스는 오히려 웃었다.

"피장파장 아닌가? 나만 지친 것도 아니고."

대마법사와 마나 대결을 펼친 건 엘레자르도 마찬가지였다. 디오그레스가 이토록 지쳤는데 그녀라고 멀쩡할 리 없는 것이다.

이대로 끝까지 싸우면 분명 디오그레스는 탈진해 쓰러지겠지. 하지만 그때쯤이면 엘레자르도 제대로 서 있지는 못할 것이다.

그녀도 이 사실은 잘 알고 있었다.

"그래서 이렇게 하려고요."

갑자기 엘레자르가 몸을 돌려 등 뒤로 마법을 날렸다.

세 줄기 화염의 용이 회오리치며 고성 반대 방향으로 쏘아졌다.

'음?'

의아해하면서도 디오그레스는 반사적으로 완드를 내밀었다.

상대가 저토록 큰 빈틈을 보였는데 멍하니 놓친다면 대마법사의 자격이 없는 것이다.

동일한 마법, 세 줄기 화염의 용이 엘레자르를 향해 날았다.

그때였다.

"타앗!"

중후한 기합과 함께 황금의 오러가 디오그레스의 마법을 그대로 베어 냈다.

동시에 엘레자르가 날린 마법도 드렐타인을 뒤쫓던 바로스와 레번에게 작렬했다.

다급한 외침이 저 멀리서 터졌다.

"헉!"

"마, 막아!"

콰아아앙!

디오그레스는 당황했다.

어느새, 폭발을 등진 드렐타인이 자신과 엘레자르 사이를 가로막고 있었다.

"이, 이건?"

투기검을 겨눈 채 드렐타인은 어깨를 으쓱였다.

"교대할 때가 된 것뿐이라오."

엘레자르가 단독으로 디오그레스를 상대한 이유는, 그쪽이 생포 확률을 확실하게 높일 수 있기 때문이었다.

이 조건이라면 군이 그녀 혼자서 끝까지 싸울 필요는 없는 것이다.

누가 되었건 단독으로 디오그레스와 싸울 수만 있으면 된다.

이미 많이 지친 대마법사를 상대로, 여전히 팔팔한 무왕이 여유롭게 웃었다.

"이제부턴 내가 상대해 드리겠소, 디오그레스 공."

바로스와 레번을 가로막은 엘레자르 역시 여유롭긴 마찬가지였다.

"이제부턴 저랑 노시죠, 젊은 기사분들."

그녀도 물론 디오그레스만큼이나 지쳤다. 그렇다 해도 실버 나이트와 퍼플 나이트의 협공마저 감당하지 못할 정도는 아니다.

상황을 파악한 디오그레스가 안면을 구겼다.

"어이가 없군. 명색이 무왕과 대마법사인데 차륜전을 벌인단 말인가?"

도무지 모르겠다.

어쩌다 이들이 이렇게까지 변한 것일까?

"의아해할 것 없소, 여명탑주여."

황금의 장막을 사방으로 드리우며 드렐타인이 이빨을 드러냈다.

"당신도 곧 우리처럼 될 테니까."

*   *   *

한때 찬란한 영광을 구가하던 고대의 성은 옛 영광을 잃은 지 오래였다.

부서진 기둥과 무너진 천장, 적막함만이 자리 잡은 그 어두운 공간에 한 사내가 뛰어들어 왔다.

"헉, 헉헉……."

다급하게 숨을 몰아쉬는 카르나크였다.

닳아 해진 궁성 홀을 가로지르며 그는 양손을 빠르게 교차했다. 완성된 술식이 검은 권능을 사방으로 퍼뜨렸다.

"버림받은 자들이여, 탄식하며 울부짖을지어다!"

두꺼운 갑옷을 걸친 기사의 유령들이 어둠의 검을 든 채 모습을 드러냈다. 살육의 악령, 나이트 크로울러였다.

수십의 나이트 크로울러들이 카르나크의 명에 따라 홀 저

사령왕
카르나크

편으로 향한다. 날카로운 어둠의 검이 황금빛으로 물든 여인의 사방을 찔러 간다.

"크아아아아!"

"카아아악!"

광기에 물든 수많은 칼날이 벨티아의 급소를 노렸다. 그녀의 눈매가 매섭게 올라갔다.

"소용없다!"

황금의 참격이 허공을 수놓았다.

그저 숨 한 번 내쉴 짧은 순간에 무수한 검광이 허공을 번득인다. 악령의 그림자가 산산조각으로 잘려 나가 사방으로 흩어진다.

콰콰콰쾅!

박살 난 나이트 크로울러들을 보며 카르나크가 혀를 찼다.

"벨티아가 이렇게까지 강했었나?"

나이트 크로울러는 무려 적색급 오러 유저와도 필적하는 괴물이다.

카르나크도 이곳이 사기와 탁기로 가득한 던전 내부라 간신히 소환했지, 외부였다면 이리 쉽게 다룰 수 있는 악령이 아니다.

그게 이렇게까지 쉽게 박살이 난다고?

'왕년의 라피셀 못지않잖아, 이거.'

그가 기억하는 벨티아는 이미 은퇴한 후였다. 더 이상 금검기를 구사할 수도 없을 정도로 노쇠한 후라 그리 대단한 상대라고 여기지 않았다.

반면 지금은 최전성기.

라피셀처럼 엄청난 전투 감각을 보이진 않는다 해도, 기본적인 전투력 자체가 워낙 초월적이다. 작정하고 사령술을 구사했음에도 도저히 상대가 되질 않는 것이다.

'뭐, 내가 너무 약해진 이유도 있긴 하지만.'

어쨌든 이리된 이상 모험을 할 필요가 있다.

카르나크가 양손을 교차하며 검은 마력을 피워 올렸다.

"나락에서 피어오른 심연의 안개여!"

어둠의 기운을 담은 죽음의 안개가 맹독을 머금은 채 밀려왔다.

문득 벨티아가 감탄을 흘렸다.

"정말 보통 놈이 아니구나."

어둠도 죽음도 모두 추상적인 관념에 불과할 뿐.

그런데 그 추상적인 관념이 실체가 되어 자신을 엄습해 온다.

그녀가 여태 봐 온 모든 사령술사를 통틀어도 이렇게나 고도의 술법을 구사하는 이는 없었다.

그렇기에 더욱 분노할 수밖에 없다.

저 엄청난 능력으로, 죽은 딸의 환영을 이용해 자신을 희롱했으니까.

"개자식!"

자신을 희롱했기 때문이 아니다. 감히 죽은 딸을 이용했다는 점을 용납할 수 없었다.

벨티아의 장검이 금빛의 섬광을 폭발시켰다.

-크로테리안 소드, 유성폭!

콰콰콰콰쾅!

사방으로 뻗어 나가는 검광 하나하나가 살아 있는 생물처럼 용틀임하며 밀려오는 검은 안개를 모조리 불살랐다.

빛에 스치는 모든 어둠이 광휘에 물들어 삽시간에 녹아내렸다.

"이, 이런……."

카르나크는 당황했다.

통하지 않을 줄은 알았지만, 이렇게까지 버티지도 못할 줄은 몰랐다.

벨티아가 깃털처럼 가볍게 허공을 가로질렀다. 순식간에 그녀의 전신이 카르나크의 코앞까지 쇄도했다.

"윽!"

허겁지겁 카르나크가 재차 양손을 교차했다. 다시금 사령술을 펼치려는 것이었다.

아쉽게도 벨티아가 훨씬 빨랐다.

"어림없다!"

황금의 검이 수십 자루로 늘어난다. 수많은 칼날이 눈앞 가득 번뜩이며 시야를 온통 메운다.

"감히 사람의 마음을 희롱한 죄!"

이제 와서 사령술을 발동해 봐야 이미 늦은 것이다. 무슨 짓을 하건 그녀의 검을 멈출 순 없다.

"죽음으로도 갚지 못할 터!"

수많은 빛의 칼날이 카르나크의 전신을 난도질하기 직전 이었다.

갑자기 벨티아의 검이 멈췄다.

"……어?"

동시에 그녀의 안색이 딱딱하게 굳어 간다.

카르나크의 마지막 사령술은 무슨 어마어마한 괴물을 소환하거나, 엄청난 어둠의 기운을 끌어내거나 하는 것이 아니었다.

그저 사슬에 휘감긴 작디작은 아이의 영혼을 내미는 것이 전부.

쇠사슬에 묶인 아이의 영혼이 바들바들 떨며 주위를 둘러본다. 그리고 이해할 수 없다는 얼굴로 낮게 중얼거린다.

"엄……마……?"

벨티아의 안색이 시체처럼 창백해졌다.

"라……피셀?"

숨을 헐떡이며 카르나크가 손가락을 까닥였다.

"꼼짝 마라, 벨티아!"

어둠의 사슬이 뱀처럼 타고 올라 아이의 목을 조르기 시작했다.

"그 이상 다가오면 딸의 영혼을 박살 내 버리겠다!"

~~~❈~~~

벨티아는 치를 떨었다.

'또 이런 더러운 수를 쓰는가.'

이미 한번 당했던 악몽이다.

명색이 무왕이다. 고작해야 환각 따위에 또 당할 순 없다.

"어디서 이런 수작을!"

분노하며 그녀는 오러를 끌어 올렸다. 기감 역시 날카롭게 번득이며 그녀의 신경을 활성화했다.

그래서 깨달았다.

극도로 예리해진 기감이 영혼 속에 깃든 본질을 알려 준다.

저건 진짜 딸아이의 영혼이었다.

'어, 어떻게?'

십수 년 전에 죽은 어린 라피셀의 영혼이 지금 저 사악한 괴물의 손아귀에 붙잡혀 있는 것이다.

꼼짝 못 하는 벨티아를 바라보며 카르나크가 음산하게 웃었다.

"뭘 그리 놀라나? 죽은 자를 부르는 강령술이야말로 사령술사의 주특기인데."

검은 사슬이 아이의 영혼을 허공으로 높이 든다. 목매달린 영혼이 허공에서 버둥거린다.

"라피셀!"

다급히 벨티아가 뛰어들려 할 때였다.

"어허, 움직이지 말라고 했을 텐데?"

카르나크가 손가락을 까닥였다.

사슬이 아이의 목을 강하게 졸랐다. 가냘픈 신음이 흘러나왔다.

"아, 아아, 아……."

아이의 영혼을 방패 삼아 내밀며, 흑발의 청년이 유쾌한 웃음을 터트린다.

"자신의 딸이 죽어서도 고통받게 하고 싶진 않잖아, 응?"

덜덜 떠는 목소리로 벨티아가 물었다.

"……뭘 원하는 거냐?"

"대단한 건 아니고……."

야비하게 웃으며 카르나크가 손아귀의 영혼을 이리저리 흔들었다.

"앞으로 날 좀 도와주면 좋겠다 정도?"

그때마다 소녀의 영혼이 고통스러운 신음을 연신 흘린다.

"아악! 아아아악!"

폐부를 찢는 듯한 소리였다.

벨티아는 두 눈을 질끈 감았다.

'아아……'

마음 같아선 당장이라도 무릎 꿇고 싶었다. 딸의 영혼만 돌려준다면 뭐든지 시키는 대로 하겠다고 외치고 싶었다.

하지만 그럴 순 없다.

그랬다간 영원히 상대의 노예가 될 뿐이다.

"미안하구나, 라피셀……"

그녀의 전신으로 또다시 황금빛 오러가 일렁이기 시작했다. 진득한 살기가 어둠을 뚫고 퍼져 나왔다.

"조금만 참으렴. 엄마가 곧 구해 줄 테니."

당황한 카르나크가 쇠사슬을 격하게 흔들었다.

"어이, 진심이야? 네 딸 영혼 박살 낼 거라니까?"

사슬에 매달린 아이의 영혼도 격하게 흔들린다.

"악, 아악! 아악!"

이를 악물며 벨티아는 투기검을 뽑아 들었다.

'테스라낙이시여, 부디 저 아이를 굽어살피소서!'

참담한 심정으로 기도를 올리며 뽑아 든 투기검에서 찬란한 금빛 광채가 어둠을 뚫고 사방을 밝힌다.

바로 그때였다.

목소리가 울렸다.

"신실한 종이여, 그대의 기도가 내게 닿았도다."

종말의 권능이 담긴 거룩한 목소리였다.

동시에 카르나크의 주위로 검은 구멍이 열리며 수십 줄기의 촉수가 뻗어 나온다.

"엉? 뭐야, 이건?"

채 대응할 틈도 없었다. 어둠의 촉수가 순식간에 카르나크의 사지를 얽맸다.

"죽음의 신이 성도의 기도에 응답하노라."

"마, 말도 안 돼!"

경악한 카르나크가 발버둥을 쳤지만 아무 소용 없었다. 촉수가 그를 무저갱 속으로 끌고 들어가기 시작했다.

처절한 비명이 고성 가득 울려 퍼졌다.

"으아아아악!"

✴

눈부신 백색의 빛이 주위를 밝힌다. 어둠으로 물들어 있던 고성의 내부에 한 형체가 나타난다.

그것은 빛으로 가득한 천사였다.

찬란한 광휘의 날개를 펼치고, 우아한 빛의 갑주를 드러내며, 성스러운 음성을 입 밖으로 흘린다.

"당신의 믿음을 보았습니다, 테스라낙의 성검이여."

당황한 어조로 벨티아가 물었다.

"호, 혹시 그분의 천사이신가요?"

빛의 천사는 온화하게 웃었다.

"어째서 질문을 하시나요? 당신은 이미 답을 알고 있거늘."

그렇다. 이미 답은 알고 있다.

이 천사가 내뿜는 빛에는 그녀가 그토록 갈구해 온 죽음의 기운이 섞여 있다. 바로 테스라낙의 기운, 종말의 어둠이었다.

"아아!"

감격한 벨티아는 무릎을 꿇었다.

위대한 죽음의 신, 새로운 세계를 열 인도자, 죽음의 신 테스라낙의 천사가 지금 이 땅에 강림한 것이다!

천사가 가볍게 허공을 가리켰다. 딸아이, 라피셸의 전신을 휘감은 사슬이 사라졌다. 소녀의 영혼이 차분히 땅 위로 내려섰다.

벨티아의 눈동자에 희망의 빛이 스쳐 지나갔다.

설마 테스라낙께서 그녀의 오랜 소원을 들어주시려는 걸까?

천사는 고개를 저었다.

"산 자와 죽은 자의 경계가 허물어지는 것은 그분께서 이

땅에 강림하신 후."

벨티아는 실망했다.

아무래도 딸아이가 부활하는 것은 아직 먼 일인 듯했다.

"하지만 잠깐의 해후마저 허락지 않을 만큼 테스라낙께서 잔인하지는 않으시지요."

소녀의 영혼이 어미의 품으로 흘러들어 온다.

"엄마……."

"……라피셀?"

떨리는 손으로 벨티아는 딸의 영혼을 껴안았다.

비록 살아 있는 몸은 아니지만, 온기도 호흡도 느껴지지 않지만, 아주 짧은 만남일 뿐 산 자와 죽은 자의 경계가 여전히 명확하지만…….

그럼에도 틀림없는 딸아이였다.

"아아, 라피셀!"

사랑하는 아이를 품에 안은 어미의 입가에 환한 미소가 가득 떠올랐다.

✳

어둠 사이로 머리통 하나가 쏙 나온다.

방금 전 무저갱으로 끌려갔던 카르나크였다.

"좋아."

소녀의 영혼을 껴안고 있는 벨티아를 보며 카르나크가 뿌듯해하는 표정을 지었다.

"이번엔 확실하게 행복한 거 맞지?"

<hr />

세라티에게 한 소리 듣고 카르나크도 나름 반성을 했다.

아이를 잃은 어미에게 죽은 딸의 환영을 보여 주는 것은 인간 말종이나 하는 짓이라 했던가?

그래서 진짜로 죽은 딸과 만나게 해 주었다.

강령술을 펼쳐 피안에 있는 벨티아의 딸, 라피셀의 영혼을 이 땅에 강령시킨 것이다.

다만 그 과정에서 약간의 '불가피한' 연출이 들어가긴 했다.

카르나크가 죽은 딸을 만나게 해 준들 그녀가 순수하게 기뻐할 리 없을 테니까.

어쩔 수 없이 죽음의 신 테스라낙이 사악한 이를 벌하고 자신의 성도에게 은총을 내린다는 식의 구도를 만들었다.

밀리아에게 내재된 광익의 천사는 정말로 테스라낙의 힘으로 만들어졌으니 벨티아로서는 꽤나 구별하기 힘들 터.

물론 그녀가 정상이었다면 이런 허술한 연출에 속을 리 없다.

하지만 지금의 벨티아는 테스라낙의 광신도였다.

인간은 자신이 보고 싶어 하는 것을 보는 법이다.

결과는 만족스러웠다.

누구보다도 신의 기적을 갈구하던 그녀는 눈앞의 현실을 믿었다.

"라피셀······."

딸의 영혼을 안은 채 벨티아는 행복에 잠겨 있었다.

시간 감각을 뒤틀어 놓았으니 몇 시간은 저대로 꼼짝도 하지 않을 것이다.

적으로 만난 이에게 그가 베풀 수 있는 최선의 악이었다.

"좋은 꿈 꾸시게나, 시프라스의 무왕이여."

※

빛이 사그라지며 광익의 천사가 소녀의 모습으로 돌아온다.

"······뭐가 어떻게 된 건가요?"

주위를 둘러보며 밀리아는 곤혹스러워했다.

그녀가 한 것이라곤 그냥 고성 한쪽에 숨어 있다가 슬그머니 걸어 나오는 것이 전부였다.

그랬더니 카르나크가 뭔가를 하고, 그녀의 봉인이 풀리며 광익의 천사가 되었다.

천사의 모습으로 돌아간 후에도 딱히 하는 일은 없었다.

여전히 그 자리에 서 있기만 했다. 심지어 입도 뻥긋하지 않았다.

그런데 갑자기 웬 소녀의 유령이 뽕 하고 튀어나오더니, 벨티아랑 껴안고 막 좋아한다?

'뭐야, 도대체?'

아무리 상상력을 발휘해도 도저히 짐작이 안 가는 상황인 것이다.

"어, 그게……."

카르나크는 쓴웃음을 지었다.

밀리아가 이해 못 하는 것도 당연하다.

그녀는 그저 존재감을 드러내는 역할일 뿐이었고, 천사와 벨티아의 대화부터는 죄다 카르나크가 건 환영이었으니까.

"나중에 설명해 줄게. 지금은 그럴 시간이 없어."

지금도 다른 일행은 엘레자르와 드렐타인을 상대로 목숨을 걸고 있다.

"간신히 벨티아를 고립시켰으니 원래대로 진행해야지."

카르나크의 발치로 그림자가 길게 늘어졌다.

칠흑의 마력이 은밀한 전언을 싣고 던전 곳곳으로 뻗어 나갔다.

[다들 준비해! 시작한다!]

가공할 폭발이 고성 곳곳을 뒤흔들었다.

콰콰콰쾅!

자욱한 폭연 사이로 두 줄기 빛이 빠져나왔다. 오러로 전신을 감싼 바로스와 레번이었다.

나자빠진 두 사람이 볼품없이 바닥을 나뒹굴었다.

"컥!"

"크윽!"

허공을 미끄러지듯 다가오며 엘레자르가 감탄을 흘렸다.

"이것도 막아 냈느냐? 정말 대단한 놈들이군."

간신히 몸을 일으키며 레번이 혀를 찼다.

[지쳤다더니 왜 저렇게 센 겁니까?]

너덜너덜한 몰골로 바로스가 쓴웃음을 지었다.

[지쳤으니까 그나마 아직 우리가 살아 있는 거죠.]

엘레자르가 디오그레스와의 전투로 상당한 마력을 소모한 것은 사실이었다. 방금 날린 마법만 해도 평소의 절반 정도 위력에 불과했다.

하지만 그 정도로도 이 둘이 사경을 헤매게 하기엔 충분한 것이다.

치를 떨며 레번이 재차 전투 자세를 취했다.

"괴물 같으니……."

문득 엘레자르가 실소를 흘렸다.

"내가 보기엔 그쪽도 상당히 괴물이거든?"

두려운 존재라는 의미의 괴물이란 소리는 아니다. 이 정도로 격차가 있는데 두려울 것이 뭐가 있을까?

이해 불가한 존재라는 의미였다.

레번은 사실 충분히 이해의 영역 내였다.

아무리 재능이 넘쳐 나 미래에 무왕이 될 인재라 해도 아직은 퍼플 나이트에 불과하다. 대마법사인 그녀가 신경 쓸 수준은 아니다.

반면 바로스는?

실버 나이트치고 강한 점도 있고 구사하는 기술이 유독 수준이 높다는 점도 물론 대단하지만, 진짜 이해가 가지 않는 부분은 따로 있었다.

'왜 이렇게 능숙하지?'

드렐타인과 싸울 때도 그렇더니, 엘레자르 자신과 싸울 때도 묘하게 전투에 익숙하다.

수십, 수백 번씩 싸워 본 사람처럼 결정적인 순간에 위기에서 빠져나간다.

'정말 신기하네. 무슨 예지 능력도 아닌 것 같은데.'

그렇다 해도 결과가 달라지는 건 아니다.

제아무리 바로스가 이쪽의 수법을 명확히 파악하고 있어 봐야 힘의 격차가 워낙 컸다.

"얼어붙은 불꽃, 타오르는 냉기여."

불꽃과 냉기가 뒤섞여 짐승의 뿔처럼 날아든다.

그 거대한 꿰뚫는 소용돌이 앞에서 바로스가 고함을 터트렸다.

"정면으로 대응하지 마! 힘을 타고 흘러야 한다!"

정답이었다.

그리고 레번은 정답만 알면 연습 없이 실행이 가능한 천재였다.

둘 다 회오리의 사면을 타고 몸을 던졌다.

파괴의 소용돌이가 광장 바닥을 깊게 파헤쳤다.

콰콰콰쾅!

두 사람이 나가떨어지며 신음을 흘렸다.

"크윽!"

"젠장, 피한다고 피했는데……."

아무리 파해법을 알고 있어도 그걸 행할 힘이 없다면 소용없는 것이다.

'조금만 더 밀어붙이면 끝나겠군.'

그렇게 둘을 날려 보내며 엘레자르는 고성 맞은편을 힐끔거렸다.

'그나저나 저쪽은 어떻게 되어 가나?'

무왕의 일 검이 하늘을 갈랐다.

대마법사의 마력도 허공으로 솟구쳤다.

두 절대자가 전력을 다해 서로에게 부딪친다.

가공할 기운이 허공에서 충돌하며 터진 둑처럼 파괴의 권능이 터져 나온다.

콰콰콰콰콰콰!

세 줄기 파문이 사방으로 퍼지며 드렐타인과 디오그레스는 동시에 튕겨 나갔다.

하지만 이어진 상황은 조금 달랐다.

드렐타인은 허공에서 자세를 고쳐 가뿐히 착지한다.

"흥! 이 정도쯤이야!"

반면 디오그레스는 나가떨어지고 있었다.

위력에서 명백히 격차가 있는 것이다.

"크, 크으윽!"

꽝음과 함께 수 미터 이상 나가떨어진 뒤에나 디오그레스는 겨우 몸을 일으킬 수 있었다.

비틀대는 그의 주위가 아지랑이처럼 흔들린다. 육신을 보호하던 마력 방어장이 해체되고 있다는 증거다.

드렐타인이 빙그레 웃었다.

"슬슬 힘이 다한 것 같구려."

디오그레스가 인상을 구겼다.

"치사하게 둘이서 덤비는데 당연한 것 아닌가?"

물론 드렐타인은 눈도 깜빡하지 않았다.

치사하다느니 비열하다느니 하는 소리에 신경 쓰는 건 이 시대의 드렐타인이겠지. 미래에서 온 테스라낙의 종들에게는 치사함과 비열함도 필수 덕목 중 하나다.

"이만 포기하시구려. 그대도 결과가 달라지지 않을 거란 건 알고 있지 않소?"

확실한 힘의 격차 앞에 이변 따윈 없는 법.

디오그레스에게 다가가며 드렐타인은 오른손을 품에 넣었다. 손끝에 육각면체가 살짝 걸렸다.

'이제 겨우 미래의 그를 부를 수 있겠군.'

그때였다.

문득 드렐타인의 안색이 굳었다.

'음?'

뭔가 이상했다.

디오그레스가 차가운 눈으로 자신을 노려보고 있었다.

아, 물론 지금 같은 상황에서 그의 시선이 따스할 리야 절대 없다만, 문제는 저 눈빛이 결코 포기한 자의 그것이 아니란 점이다.

갑자기 디오그레스가 이해할 수 없는 말을 내뱉었다.

"이 정도면 진짜 오래 버틴 것 같은데, 그 친구는 대체 뭐

하는 거지?"

무슨 소린지 몰라 드렐타인이 발걸음을 멈출 때였다.

기이한 감각이 그의 전신을 엄습해 왔다.

'이건?'

드렐타인뿐만이 아니었다. 엘레자르도 동시에 느꼈다.

거대한 어둠이 던전 저편에서부터 몰려오고 있었다.

우우우우우…….

희미한 귀곡성이 울리며 묘한 울부짖음이 점점 커지기 시작한다.

고성이 위치한 던전의 공동, 그곳과 연결된 모든 통로와 동굴에서 사기와 탁기가 점점 더 진해진다.

우우우우우…….

익숙한 감각이었다.

바로, 던전의 마물들이 일제히 움직이는 대이동 때 이런 어둠의 흐름이 일어나곤 한다.

디오그레스가 안도의 한숨을 내쉬었다.

"이제야 시작인가? 생각보다 오래 걸렸구만."

당황한 드렐타인이 그를 노려보았다.

"무슨 수작을 부린 거지?"

"무슨 수작이긴."

지친 대마법사의 입가에 회심의 미소가 떠올랐다.

"우리가 왜 일부러 던전에 들어왔겠나?"

순간 고성의 상공에 4개의 어둠이 나타났다. 마치 칠흑의 태양을 연상케 하는 가공할 암흑의 권능이었다.

이내 어둠이 정체를 드러냈다.

그것은 너덜거리는 로브를 걸친 해골의 모습을 하고 있었다.

하지만 평범한 스켈레톤 따위는 결코 아니었다.

전신에서 느껴지는 강대한 마력, 해일처럼 밀어닥치며 넘실대는 가공할 사기.

난전 중이던 성직자들이 이내 정체를 알아채고 고함을 터트렸다.

"리, 리치다!"

"그것도 아크 리치야!"

다들 경악하지 않을 수 없었다.

전설 속의 마물이라는 아크 리치가 무려 넷이나 나타난 것이다!

아크 리치들이 저마다 뼈만 남은 손가락을 들어 인간들을 가리킨다.

"우리는 어둠의 주인을 섬기는 자들."

"금지된 영역에 들어선 허락되지 않은 이들이여."

"감히 이곳에 발 디딘 죄."

"무엇으로도 용서받지 못할지니."

끔찍한 쇳소리가 공동 내부를 가득 울렸다.

"위대한 죽음이 그대들을 벌하리라!"

※

사방에서 수많은 마물과 악령, 좀비와 스켈레톤 등이 몰려오기 시작한다.

우우…….

우우우…….

하나하나는 그리 위협적인 존재가 아니었다.

물론 상당히 강력한 마물들이긴 했지만, 지금 이곳에 모인 이들은 제국에서도 손꼽히는 정예들인 것이다.

하지만 숫자가 많아도 너무 많았다.

"마, 막아!"

"제길!"

"저 리치들이 던전의 주인이었나!"

안 그래도 난전이었던 전장이 더욱 혼탁하게 변했다.

한 치 앞도 내다보기 어려운 대혼란이 공동을 가득 메웠다.

그 모습을 지켜보며 드렐타인과 엘레자르는 어이없어했다.

"이게 뭐야?"

상황 자체는 딱히 신기할 게 없다.

자고로 어둠의 힘 꾸역꾸역 모아 온갖 언데드 군단 일으켜 일제히 몰아붙이는 건 사령술사들의 전매특허가 아니던가?

전형적이다 못해 모범적이라 해도 좋을 정도다.

이해가 안 가는 건 다른 부분이었다.

"던전의 주인은 무슨?"

"그냥 뎀피스잖아요?"

"저건 말로카인데?"

심지어 칼라프와 티라파트도 보인다.

전부 황혼교 관련자들인 것이다.

물론 디오그레스가 황혼교와 손잡았다는 것은 벨티아를 통해 들었으니 별로 놀라울 것이 없다만…….

"제정신인가, 디오그레스?"

"자신이 사교도라고 만천하에 공표할 셈이에요?"

자신들이야 미래에서 회귀한 놈들이니 미친 짓을 해도 이상하지 않지만 지금의 디오그레스는 이 시대의 인물이 아닌가? 그런데 왜 이런 짓을?

이에 대한 답변을 한 이는 디오그레스가 아니었다.

"어째서 그가 사교도라는 거지?"

고성 복도 반대편에서 흑발의 청년이 걸어 나오고 있었다.

드렐타인의 안색이 굳었다.

"카르나크……."

벨티아와 함께 사라진 놈이 다시 나타났다. 이는 결코 간

과할 일이 아니다.

"우리는 어디까지나 우연히 던전에 들어왔다가, 양쪽 모두 던전의 주인들에게 공격받았을 뿐인데 말이야."

빙그레 웃는 카르나크의 등 뒤로 4인의 아크 리치가 사뿐히 내려선다.

"물론 그 던전의 주인들이 그쪽을 우선적으로 공격하는 것 같은 기분이 들긴 할 건데, 그거야 말 그대로 기분 탓이고."

어이가 없어 엘레자르가 혀를 찼다.

"그런 눈 가리고 아웅이 통할 것 같으냐?"

"왜 안 통할 거라고 생각하는데?"

현재 양쪽 모두 혼전에 난전을 거듭하고 있다.

뭐가 뭔지 알아보기 힘든 상황이란 소리다.

여기에 아크 리치들이 나타나며 흩뿌린 검은 안개가 사방에 짙게 드리워져 있기도 하지.

카르나크의 두 눈이 섬뜩하게 빛났다.

"보는 사람도 없는데 뭔 짓을 하건 그 누가 알겠어?"

죽음의 주인

40대 중반의 마법사가 허공에 지팡이를 휘두르며 주문을 외운다.

엘레자르의 심복이자 제국 마탑의 마법사들을 지휘하는 9서클의 종사자, 론체스터였다.

"울부짖는 하늘이 거친 숨결을 토한다, 윈드 오브 아크라이드!"

동년배의 중년인이 마법으로 받아쳤다. 디오그레스의 심복으로 여명탑의 마법사를 지휘하는 9서클의 종사자, 제드 첸이었다.

"빛이여, 꿰뚫고 부수고 파괴하라! 아케인 블래스트!"

돌풍과 섬광이 공중에서 충돌하며 폭발했다.

결과는 박빙이었다.

양쪽 모두 대마법사의 심복이다. 본실력은 거의 차이가 나지 않는 것이다.

하지만 이어진 상황은 차이가 났다.

우우우…….

우어어어…….

사방에서 언데드들이 몰려온다.

론체스터가 다급히 폭열 마법을 날린다. 시뻘건 불길이 다가오는 마물들을 모조리 휘감아 버린다.

콰콰콰쾅!

그 많던 언데드가 모조리 불타 사그라졌다.

흩날리는 재 속에서 론체스터는 숨을 헐떡였다.

"헉, 헉헉……."

고위 마법을 날린 직후에 또 마법을 시전하다 보니 마력 멀미가 심해진 탓이었다.

반면 제드첸은 멀쩡했다.

언데드들이 그가 있는 쪽으론 몰려가지 않았거든.

그 모습을 보며 론체스터가 비난을 토했다.

"더러운 사교도 놈! 추악한 어둠의 힘을 쓰다니!"

그는 디오그레스가 사교도와 손잡고 사령술을 쓴다고 믿고 있었다.

실제로 던전 내에서 일어난 일을 보면 정말 그렇게 보이긴 한다.

제드첸이 코웃음을 쳤다.

"어둠의 힘을 쓰는 건 아닐세. 이용은 하고 있지만."

지금도 사방에서 밀려오는 마물들과 언데드들은 토벌대 측이건 디오그레스군이건 가리지 않고 공격하고 있다.

문제는, 디오그레스군에겐 토벌대에 없는 마법이 존재한다는 사실이었다.

열심히 싸우던 디오그레스군과 토벌대의 마법사 및 성직자 무리, 이들을 노리고 수십 마리의 구울과 스켈레톤이 몰려온다.

당연히 토벌대의 마법사와 성직자는 놈들에게 마법과 신성력을 퍼부어야 한다. 안 그러면 죽으니까.

그렇지만 디오그레스군은 그냥 마법 하나만 시전하면 그만이다.

바로 사법의 기만자(Circumventer of Necromancy).

한쪽은 싸우다 말고 숨을 수 있는데 다른 한쪽은 내내 드러난 채다?

어느 쪽이 유리할지는 말할 필요조차 없다.

덕분에 한때 밀어붙이던 토벌대는 지금 디오그레스군에게 압도적으로 밀리고 있었다.

"이 빌어먹을 놈들!"

투기검을 날려 오러 사슬을 튕겨 내며 크레타스 부단장 마

죽음의 주인 191

그너스는 이를 갈았다.

워낙 난전이라 알아보기 힘들지만, 적어도 디오그레스군이 마물과 언데드를 이용하는 건 확실히 알 수 있었다.

"어찌 추악한 어둠의 힘을 쓴단 말이냐?"

사슬검을 늘어뜨린 채 데스테란이 비웃었다.

"엄밀히 말하면 어둠의 힘을 쓰는 건 아니지."

동시에 그의 몸놀림이 순간 빨라졌다.

"솔직히 당신도 알고는 있잖아? 우리가 이 언데드들을 조종하거나 하는 건 아니라는 거."

목소리가 길게 이어지며 오러 사슬이 뱀처럼 사방에서 쇄도한다.

말로 현혹하고 칼로 파고드는 데스테란의 주특기 중 하나다.

"그냥 수공이나 화공 같은 거지, 이건."

은빛 투기를 방패에 둘러 막아 내며 마그너스는 얼굴을 구겼다.

인정하기 싫은 일이지만 데스테란의 말이 맞기는 했다.

저 마물들은 양쪽 모두 가리지 않고 공격한다. 그저 디오그레스 측이 더 잘 피할 뿐이다.

거짓말이 아닌 게, 아크 리치들이라고 저 마물과 언데드에게 적아를 구별해 토벌대만 공격하게 만들 방법은 없는 것이다.

그냥 산 자를 증오하는 언데드들을 잔뜩 풀어놓은 것이 전부이니 마그너스가 보기에도 디오그레스 측이 조종하는 건 절대 아니었다.

혼란한 주변 상황을 살피며 마그너스는 고민했다.

'어쩐다…….'

나타난 아크 리치들이 드렐타인과 엘레자르 쪽으로 날아간 건 보았다. 하지만 도우러 갈 겨를이 없었다. 눈앞의 적들을 무시하면 아군이 위험하게 생겼다.

게다가…….

'그분들에게 내 도움이 필요할 리가 없겠지.'

전설적인 대마법사에, 크레타스와 시프라스의 무왕까지 있다.

아무리 전설 속의 괴물이라는 아크 리치가 넷이나 나타났다 해도 충분히 감당할 수 있는 전력이다.

'그래.'

검을 고쳐 쥐며 마그너스는 눈앞의 데스테란을 노려보았다.

'눈앞의 전투에 집중하는 게 지금의 내가 할 일이다!'

───※───

상황을 살피며 세라티는 내심 혀를 내둘렀다.

'정말 카르나크 님 예상대로네.'

카르나크는 일단 난전으로만 끌고 가면 드렐타인과 엘레자르를 고립시킬 수 있을 것이라 했다.

저들이 지닌 고질적인 문제 때문이었다.

-저들은 무왕과 대마법사거든. 그 누구도 범접하지 못하는 절대 강자.

-그게 왜 문제인데요?

-범접하지 못하는 게 적뿐만이 아니니까.

아군도 감히 범접하려고 하지 않는 것이다.

위대하신 무왕과 대마법사께서 하찮은 이들의 도움을 필요로 할 리 없으니까.

그래서인지 누구도 엘레자르와 드렐타인을 걱정하지 않는다. 딱히 충성도가 낮은 게 아닌데도.

'정말 다들 자기 앞가림만 하고 있잖아?'

덕분에 저쪽은 확실히 사람들의 시선에서 벗어났다.

하지만 아직 해야 할 일이 남아 있었다.

"라피셀, 마법사들을 보호해!"

라피셀의 시선도 돌려야 한다.

괜히 사령술 쓰는 카르나크 봤다가 뭔 사달이 일어날지 모르니까.

"네."

그녀의 말이 떨어지자마자 라피셀이 여명탑의 마법사들 쪽으로 몸을 날렸다.

'이러면 되겠지?'

그녀의 뒷모습을 보며 세라티가 한숨을 쉬었다.

'자, 이 틈에 빨리 좀 처리하세요, 카르나크 님.'

　

은빛과 자색의 섬광이 무너진 고성 앞뜰을 빠르게 스쳐 지나간다.

그 너머로 황금의 궤적이 길게 이어지며 참격을 토한다.

웅웅웅웅!

수 미터에 달하는 오러의 칼날이 레번의 뒤통수를 노렸다.

다급히 옆으로 뛰며 레번도 반격에 나섰다.

고작 자색의 오러로 감히 금검기와 맞상대하는 건 자살행위나 다름없다. 그래서 레번도 드렐타인의 참격을 받아치지 않았다.

대신 옆에서 후려치며 빗나가게 만든다!

콰아아앙!

금빛 오러의 궤도가 살짝 어긋나 레번 대신 고성 앞뜰을 길게 그었다.

거대한 돌벽이 부서지고 무너져 내리며 굉음이 요란하게 울렸다.

우르르릉!

그 틈에 드렐타인이 어느새 레번 앞을 가로막았다.

"실수했구나."

정면이 아니라 측면으로 후려쳐 빗나가게 만드는 건, 적은 힘으로 강한 상대의 공격을 피할 수 있다는 장점이 있다.

하지만 이 수법에는 단점도 있는데, 공격을 제대로 막는 게 아니라 그냥 흘리기만 할 뿐이란 점이다.

"공격을 흘리기만 하면 다가 아니다. 곧바로 후속타를 날렸어야지."

물론 레번도 그걸 몰라서 후속타 안 날린 건 아니다.

'알지만 힘이 모자라니까 이러지!'

무려 금검기의 일격이었다.

흘리는 것만도 퍼플 나이트 입장에선 전력을 다해야 하는 것이다. 도저히 후속타 날릴 여력까진 없다.

그리고 일단 눈앞의 위기만 벗어나면 어떻게든 된다.

지금의 레번은 홀로 드렐타인을 상대하고 있는 게 아니니까.

"타아앗!"

어느새 바로스가 드렐타인의 등을 노리고 있었다.

레번이 후속타를 못 날린다면, 동료가 대신 날려 줘도 되는 것이다.

"제길."

짧은 욕설과 함께 드렐타인도 몸을 돌렸다.

서로가 투기검을 전개하며 오러를 충돌시켰다.

순식간에 수차례의 공방이 이어졌다.

실버 나이트임에도 묘하게 노련한 바로스였다. 무왕인 드렐타인을 상대로도 잠깐 정도는 평수를 이룰 수 있었다.

물론 어쩔 수 없이 힘에 밀리는 부분이 없지는 않지만, 그건 이런 식으로 메운다.

─크레타스 검투술, 눈꽃 폭풍!

시야 가득 현란히 펼쳐지는 은빛 투기검에 드렐타인은 혼란스러워했다.

"네놈이 어떻게 그 검술을 쓴단 말이냐?"

뭐 놀라울 거 있냐며 바로스가 받아친다.

"크레타스 기사단은 다들 쓰던데?"

'아니, 그렇지만 네놈은 크레타스 기사단이 아니잖아!'

게다가 크레타스 검투술만 구사하는 것도 아니다.

가끔은 화려한 오러 사슬검을 펼치기도 하고…….

'이건 데스테란의 기술인데?'

때론 델피아드 검투술도 펼치며…….

'무왕 갤러드의 검술?'

간혹 상식에서 벗어나는 검술도 선보인다.

'심지어 말리칸 툰의 기술이잖아! 이건 이 시대엔 아직 존재하지도 않는 건데?'

그런데 잘 보니까 또 정확하게 기존의 검술들이라 할 순 없었다.

아까의 크레타스 검투술도 그러더니, 미묘하게 다른 점은 또 확실히 다르다.

'그냥 천재 부류인가? 그래서 온갖 다양한 검술을 배운 것?'

그런데 정작 검을 부딪쳐 보면 딱히 천재란 느낌은 아니다.

경험은 적지만 타고난 재능이 엄청난 경우엔 이런 식으로 싸우지 않는다.

당장 드렐타인 본인도 젊은 시절 저런 타입이었기에 확신할 수 있었다.

이 새파랗게 어린 애송이는, 최소 수십 년 이상 전투를 일삼아 온 경험자만이 보일 수 있는 전투를 펼치고 있다.

말도 안 되는 일이었다.

'젠장, 도대체 뭐지?'

혼란스러워하면서도 드렐타인은 계속 바로스를 밀어붙였다.

아무리 지쳤다 해도 명색이 무왕이다. 시간이 흐를수록 바로스가 밀리는 것은 필연, 그럼에도 드렐타인의 굳은 얼굴은 펴지지 않았다.

시간이 흐른다는 것 자체가 이미 그에겐 불리한 상황인 것이다.

지쳐 나가떨어졌던 디오그레스 콜론이 한숨 돌릴 수 있다는 의미니까.

정신없이 싸우던 드렐타인의 등 뒤로 순간 섬뜩한 마력의 응집이 느껴진다.

"맹위를 떨치는 뇌신의 창이여, 천둥의 분노를 이 땅으로 이끌지어다!"

카랑카랑한 목소리와 함께 대마법사의 권능이 이 땅에 현현한다.

수십 줄기의 뇌격이 마치 폭포처럼 쏟아져 드렐타인을 향해 응집해 나아간다.

아무리 무왕이라 할지라도 정통으로 맞으면 충분히 위험한 위력이었다.

욕설을 내뱉으며 드렐타인이 칼끝을 돌렸다.

"젠장!"

금빛 투기검과 뇌격의 폭포가 허공에서 충돌했다.

번개의 섬광이 던전 내부를 가득 채우고 진동음이 공기를 뒤흔들었다.

우르르릉!

성공적으로 디오그레스의 마법을 분쇄하고도 드렐타인은 표정을 풀지 않았다.

어느새 다가온 디오그레스가 자신을 향해 완드를 겨누고 있었다.

그 자세로 바로스에게 짧게 말을 건넨다.

"숨 좀 고르시게."

"감사합니다."

드렐타인이 혀를 찼다.

"이보게, 디오그레스 공. 아까 우리가 차륜전 하는 거 보면서 욕하고 그러지 않았었나?"

그래 놓고 정작 자기들도 기회 오니까 착실하게 차륜전을 펼치고 있는 것이다.

"했지."

디오그레스도 그 사실을 부인할 생각은 없었다.

"그러니까 자네도 나 욕하게나. 서로 욕하면서 죽어라 싸워 보자고."

"……."

저렇게 나오면 드렐타인도 할 말 없어진다.

'저 인간이 원래 저렇게 뻔뻔했었나?'

하여튼 곤란하다.

아까까지는 일대일로만 싸웠으니 서로 지쳐도 아무 문제

없었다. 그런데 이젠 지친 무왕과 지친 대마법사의 싸움에, 다른 놈들의 협공이 끼어들었다.

오히려 드렐타인이 위험해진 것이다.

'그렇다고 이제 와서 부하들보고 도우러 오라고 할 수도 없고.'

고성 저편, 난전 중인 던전의 광장을 힐끔거리며 그는 혀를 찼다.

워낙 마물이며 언데드도 많고 암흑의 기운도 가득 차서 상황이 제대로 보이질 않는다.

'이거야 원……'

결국 디오그레스군의 전략은 자신들이 예상했던 그대로였다.

함정에 빠뜨려, 각개격파.

지금 상황이 딱 저것 아닌가?

'분명히 알고 있었는데, 어쩌다 이렇게 된 거지?'

⁂

사기와 탁기가 휘몰아치는 고성 내부의 부서진 홀.

반파된 기둥들 사이로 낭랑한 목소리가 울려 퍼진다.

"무한한 빛줄기, 내 부름에 응해 별의 춤을 출지니."

엘레자르의 지팡이, 백금의 여왕이 빛을 발했다. 수십 줄기 빛무리가 유성처럼 퍼져 나가 한 점으로 모여들었다.

카르나크도 주문을 외우며 맞섰다.

"울려 퍼지는 세계의 메아리, 아콘 템페스트!"

순수한 마나의 격류가 뇌격의 폭풍을 휘감고 날아든다.

허공에서 두 마법이 충돌해 소용돌이를 이룬다.

쾅! 콰쾅! 콰콰쾅!

연신 굉음이 이어지며 유성의 빛과 뇌격의 폭풍이 서로를
집어삼켰다.

결국 두 마법이 허공에서 완전히 사라졌다.

엘레자르가 감탄을 흘렸다.

"이것마저 막아 냈나?"

그리고 이해가 안 간다며 혀를 찼다.

"저 나이에 벌써 저 경지라니……."

방금 카르나크가 구사한 아콘 템페스트는 9서클 주문이었
다.

분명히 그동안 입수한 정보로는 8서클의 종사자라 했는
데, 어느새 쥐도 새도 모르게 9서클에까지 오른 것이다.

천하의 엘레자르조차도 기겁할 일이었다.

'대체 얼마나 천재여야 저게 가능한 거지? 나도 저 나이에
저 정도는 아니었는데.'

그녀뿐만이 아니다.

역대 모든 대마법사들을 통틀어도 20대 초반에 9서클 입

문한 마법사는 존재하지 않았다.

진도가 빠른 것도 정도껏이지, 지나치게 상식에서 벗어난다.

"이제 간신히 초입일 뿐인데 부끄럽구만."

멋쩍어하는 카르나크의 등 뒤로 어둠의 기운을 담은 해골이 로브를 팔락거리며 날아들었다.

엘레자르도 잘 아는 아크 리치, 말로카였다.

뼈만 남은 손가락이 허공에 검은 마법진을 그렸다.

"피어오르는 물안개, 독을 머금어 흐른다!"

녹색의 독기가 엘레자르의 사방을 에워쌌다.

그녀가 인상을 쓰며 손가락을 튀겼다.

"흩어져라."

무형의 마력이 독 안개를 삽시간에 사방으로 흩어 놓았다. 역시 대마법사답게 간단히 말로카의 마법을 막은 것이다.

하지만 엘레자르의 표정은 여전히 굳은 상태였다.

'역시 이렇게 나오나?'

말로카의 마법에 반응하는 바로 그 타이밍을 노리고 다른 아크 리치들도 움직인 것이다.

뎀피스의 마법, 어둠과 빛의 창이 연달아 엘레자르를 노리고 날아든다.

"어둠을 가르는 달빛, 내 적을 치는 창이 되어라!"

그 뒤를 칼라프의 화염 마법이 이어 간다.

"오라! 피의 깃털을 나부끼는 죽음의 불꽃이여!"

마지막으로 티라파트의 대지 마법이 마무리.

"무너지고 떨어진 자, 떠올라 붕괴하라!"

거대한 암석이 허공에서 춤추며 엘레자르의 퇴로를 가로막았다. 동시에 어둠과 빛과 불꽃의 장대한 춤사위가 대마법사를 휘감았다.

고막이 찢어질 듯한 굉음 속에서 엘레자르가 백금의 지팡이를 옆으로 뉘었다.

"나는 흔들리지 않는 자, 기다리며 굳건할지어다!"

거대한 빛의 선이 원을 그리며 그녀를 감쌌다.

원이 또 다른 원을 토하고, 그 원이 또다시 원을 토한다.

순식간에 수십 개의 원이 중첩되며 그녀를 향하는 모든 마법을 가로막았다. 날아들던 모든 마법이 중화되어 빛으로 변했다.

파아아아앗!

잠시 후 지친 기색이 역력한 엘레자르의 모습이 재차 나타났다.

"……골치 아프네, 정말."

평소의 그녀라면 아무리 아크 리치가 4명이더라도 그리 어려운 상대는 아니다.

하지만 지금은 디오그레스와 마력 깎아 먹기 전투를 벌이느라 마나를 상당히 소모한 상태.

게다가 이를 감안해도 지금의 아크 리치들은…….

'지나치게 잘 싸워.'

특히 말로카를 보면 확실했다.

엘레자르가 아는 말로카는 그야말로 학자 타입의 전형이었다.

마법 자체는 전부 능숙하게 쓸 줄 알지만, 그걸 전투에 응용하라고 하면 하염없이 헤매곤 했다. 저렇게 적재적소에 딱딱 상황에 맞춰 쓸 재주 따윈 없었다.

뎀피스나 칼라프, 티라파트도 마찬가지.

말로카에 비하면 물론 전투에 능숙하긴 했지만, 이렇게까지 손발 딱딱 맞춰 가며 합공을 할 정도는 아니었다.

당연한 것이, 애당초 저 아크 리치들은 총독이었다. 행정 공무원이었는데 싸움을 잘할 리가 없지.

그런데 그런 작자들을 데리고 와서 이 정도로 싸우게 만든다?

'역시 저놈이 뒤에서 명령을 내리고 있는 것이겠지.'

카르나크를 향해 엘레자르는 지팡이를 겨눴다.

마법사로서는 4인의 아크 리치들이 더 강하다. 하지만 그녀의 상대는 틀림없이 카르나크.

그러니 저놈을 중점적으로 노린다!

"나, 언약의 존재를 부르노니!"

엘레자르의 영창과 함께 백금의 여왕이 다섯 마법진을 허공에 띄웠다. 각각의 마법진에서 저마다 빛의 섬광이 뿜어져 나왔다.

"폭풍의 저주, 대지의 격노, 물의 손아귀, 황폐한 불꽃이여!"

네 줄기 속성의 힘이 마지막 마법진에서 뻗어 나온 빛과 결합한다.

"내 명에 따라 만물을 멸할지어다!"

빛이 부풀어 오르며 고성 전체를 뒤덮어 간다.

카르나크의 안색이 창백해졌다.

'윽! 엘레자르가 작정했구나!'

이번엔 정말 강력한 마법이었다.

카르나크와 아크 리치들도 황급히 방어 마법을 펼쳤다.

이내 밀려오는 빛의 파도가 각자의 방어막을 덮쳤다. 권능과 권능의 충돌이 사방으로 그 여파를 퍼뜨리기 시작했다.

파지지직!

스파크와 빛의 파동이 연신 터지고 또 터진다. 동시에 방어막이 조금씩 무너진다.

'이번엔 먹혔나?'

엘레자르가 표정을 펼 때였다.

의외의 훼방꾼이 끼어들었다.

"라티엘이시여, 당신의 가호를 이 땅에 내리소서!"

홀 반대편에서 낭랑한 목소리와 함께 여신의 빛이 카르나크와 아크 리치들을 휘감은 것이다.

성스러운 가호가 카르나크와 아크 리치들을 감쌌다. 동시에 대폭발이 일어났다.

콰아아아앙!

잠시 후 연기가 걷히며 카르나크와 아크 리치들이 다시 모습을 드러냈다.

어이가 없어 엘레자르는 헛웃음을 흘렸다.

"이런 말도 안 되는……."

성스러운 여신의 가호가 사악한 존재인 아크 리치를 보호한 것이다.

덕분에 성스러운 언데드라는 기괴한 광경이 눈앞에 펼쳐지게 되었다.

다만 그녀가 어이없어한 건 성광과 언데드가 조화를 이룬 부분이 아니었다. 애초에 검은 신의 교단이 항상 해 오던 주특기나 다름없으니까.

이해할 수 없는 부분은 방금 신성술을 펼친 당사자의 정체다.

'광익의 천사? 이건 또 어디서 뛰어나온 거야?'

혼란스러워하는 그녀의 귀에 의기양양한 카르나크의 목소리가 들려왔다.

"자, 그럼 다시 간다!"

또다시 아까와 같은 상황이 반복되었다.

아크 리치들이 절묘하게 손발을 맞춰 마법을 날리고, 그 틈을 카르나크가 노린다. 그리고 저 광익의 천사가 뒤에서 보조한다.

여러모로 상대하기 까다로운 전법이었다.

카르나크를 노리자니 아크 리치들과 광익의 천사를 수족처럼 움직여 철저하게 피한다.

아크 리치들을 노리자니, 이놈들은 원래부터 언데드라 팔다리 좀 날아가는 정도론 별문제가 없다. 오히려 그 틈에 엘레자르가 위험해진다.

그렇다고 광익의 천사를 노리자니 이건 또 너무 튼튼하다.

두꺼운 빛의 갑주로 전신을 감싸고, 그 위에 빛의 날개를 드리우고, 그 위에 라티엘의 가호까지 펼쳐 놓았다.

그야말로 이중, 삼중으로 자신을 지킨 뒤 치유술만 펑펑 날려 대고 있다.

"라티엘이시여! 당신의 종을 지키소서!"

"이놈들……."

정신없이 마법을 난사하며 엘레자르는 인상을 구겼다.

"진짜 짜증 나게 싸우네."

<hr />

카르나크는 처음부터 전력을 정확하게 반으로 나누지 않

았다.

수족처럼 움직일 수 있는 아크 리치 4인에 든든한 보조 전력이 될 수 있는 밀리아까지 자기 쪽으로 붙여 엘레자르를 상대한다.

그동안 드렐타인은 탈진한 디오그레스와 바로스, 레번까지 딱 3명만으로 아슬아슬하게 버티게 한다.

대략 6 : 4의 비율로 나눈 다음 엘레자르에게 6을 투입하고 드렐타인에겐 4를 투입한 셈이다.

이렇게 엘레자르부터 확실히 처리하고 나서 드렐타인을 마무리한다는 것이 그가 세운 계획이었다.

물론 데스테란과 라피셀, 세라티 등 다른 오러 유저도 투입할 수 있다면 승률은 조금 더 올라갔겠지.

하지만 어쩔 수 없었다.

누군가는 크레타스 기사단과 제국 마탑을 막아 주어야 하는 것이다.

데스테란이나 세라티, 라피셀 등이 이쪽으로 오면 저쪽도 실버 나이트나 9서클 마법사 등이 엘레자르며 드렐타인을 도울 수 있게 된다.

[즉, 우릴 도울 사람은 아무도 없단 소리죠, 레번 경.]

간신히 드렐타인의 일 검을 피해 낸 바로스가 은밀한 전언을 보냈다.

가쁜 숨을 애써 다스리며 레번이 고개를 저었다.

[희망찬 말씀, 참으로 고맙군요, 바로스 경.]

드렐타인의 검 아래 죽을 뻔한 위기를 넘긴 게 벌써 몇 번째인지 모르겠다. 언제 목이 몸통과 작별해도 이상하지 않은 상황이다.

디오그레스가 멀쩡했다면 오히려 이쪽이 유리한 상황이겠지만 아쉽게도 그는 지금 쓰러지기 일보 직전, 그저 정신력으로만 버티는 상태라 큰 기대는 할 수 없다.

'믿을 건 그저 카르나크 님의 계획뿐인가?'

그때까지 어떻게든 눈앞의 이 작자만 물고 늘어진다!

"타아아앗!"

기합을 토하며 레번이 몸을 날렸다. 바로스도 곧바로 뒤를 따랐다.

자색의 검광이 드렐타인의 좌우로 날아든다. 동시에 은빛 사슬검도 전갈의 꼬리처럼 머리 위로 날아든다.

세 방향에서 절묘하게 날아드는 그 공세는 아무리 드렐타인이라도 무시할 수 있는 것이 아니었다.

"이번 건 제법이군."

감탄하며 그가 뒤로 물러섰다.

그렇게 공간과 거리를 확보한 뒤 황금의 검을 휘두른다.

찬란한 광화가 피어올라 날아드는 공세를 모조리 받아친다.

-크레타스 검투술, 손짓하는 태양!

과연 무왕의 비기는 보통 위력이 아니었다. 오히려 바로스
와 레번이 역류한 검력에 휘말려 휘청거렸다.

"컥!"

"크으윽!"

원래대로라면 여기서 바로 후속타를 넣어 저들의 목을 취
했을 것이다. 하지만 드렐타인은 대신 숨을 고르는 데 전념
했다.

디오그레스처럼 탈진하지 않았을 뿐이지, 지친 건 그도 마
찬가지였다. 오러와 체력 소모가 심하다 보니 집중력도 평소
만 못했다.

'신관이라도 1명쯤 대동할 걸 그랬나?'

아니, 별로 큰 도움은 되지 않았을 것이다.

성직자의 신성술은 어디까지나 상처를 치유하고 기력을
회복시켜 줄 뿐이다. 소모한 마나나 오러 같은 개인의 기운
까지 돌려주진 않는다.

눈을 가늘게 뜬 채 드렐타인은 주위를 살폈다.

밀려난 바로스와 레번이 다시 전투태세를 취하고 있었다.
그 뒤로 완드를 겨누고 있는 디오그레스의 모습도 보였다.

척 봐도 마법 한두 번 시전하는 게 한계인 것 같지만, 반대
로 말하면 아직도 마법 한두 번은 더 쓸 수 있다는 소리도 된

다. 그리고 대마법사의 마법은 한두 번이라 해서 우습게 볼 수 있는 성질의 것이 아니다.

'짜증 나는군.'

평소의 컨디션까진 바라지도 않는다.

그냥 오러만 조금 더 여유가 있어도 어렵지 않게 처리할 수 있는 상황인데, 그게 안 돼서 이런 진흙탕 싸움을 하고 있어야 하다니…….

그렇게 드렐타인이 안면을 구길 때였다.

'……잠깐?'

문득 그는 현 상황이 반드시 자신들에게 불리한 것만도 아니라는 사실을 깨달았다.

현재 카르나크는 대놓고 사악한 아크 리치들과 손발을 맞춰 가며 엘레자르를 상대하고 있다.

사방이 탁한 기운으로 덮여 있어 이곳 고성 안쪽에서 뭔 짓을 하건 광장에 있는 부하들은 알아차리지 못하니까.

그리고 이 말은 곧…….

'내가 뭔 짓을 하건, 아무도 보지 못한다는 소리도 되잖아?'

순간 드렐타인의 전신에서 강렬한 어둠이 뿜어져 나오기 시작했다.

디오그레스의 안색이 딱딱하게 굳었다.

"사, 사령력?"

솟구친 어둠이 전신을 휘감는다. 황금의 광휘 사이로 암흑 투기가 스며든다.

종말의 어둠을 두른 채 드렐타인은 차갑게 웃었다.

"후후후……."

그리고 곧바로 몸을 날렸다.

검게 물든 무왕이 단숨에 레번의 코앞까지 쇄도했다.

'헉!'

당황한 레번이 황급히 투기검을 올려 쳤다.

"타아앗!"

다급한 와중에도 레번의 자색 오러는 실로 충실한 위력을 담고 있었다. 과연 미래의 무왕다운 반응이었다.

하지만 현재의 무왕을 감당하기엔 역부족이었다.

"네놈들 따위."

짧게 뇌까리며 드렐타인이 오른손을 짧게 휘둘러 허공에 검은 기류를 흘렸다.

암흑의 방패가 형성되어 레번의 투기검을 허공에서 가로 막았다.

"기력만 충분했다면 애초에 고전하지도 않았다!"

파지지직!

스파크가 튀는 동시에 남은 왼손이 앞으로 나아갔다.

황금의 검이 레번의 심장을 노리고 창처럼 파고들었다.

'헉!'

기겁한 레번이 죽음을 각오할 때였다.

바로스의 투기검이 쏜살같이 날아들어 드렐타인의 목을 노렸다.

"레번 경!"

물론 드렐타인은 어렵지 않게 대응했다.

곧바로 칼끝을 돌려 바로스에게로 향한다. 금검의 일격이 은빛 오러를 단숨에 박살 내며 계속 파고든다.

콰콰콰쾅!

사방으로 비산하는 은빛 오러 사이로 드렐타인은 계속 나아갔다.

오른손의 어둠이 거력을 담아 바로스의 가슴을 강타했다.

"크어억!"

피까지 토하며 바로스는 수 미터 넘게 나가떨어져 바닥을 나뒹굴었다.

디오그레스가 다급히 완드를 내밀었다.

"여명의 창이여! 내 손에 임하라!"

거대한 빛의 창이 드렐타인의 머리를 노리고 내리꽂는다.

하지만 드렐타인은 이번에도 어렵지 않게 막았다.

그저 검을 들어 허공을 찌르는 것만으로 빛의 창이 산산이 박살 나 버린다.

마력이 고갈된 디오그레스가 허탈한 웃음을 흘렸다.

"허허, 이거 참……."

아까와 전혀 다른 위력이었다.

조금 전까진 그럭저럭 싸워 볼 만했는데 갑자기 평소의 드렐타인으로 돌아가 버린 것이다.

지금 그의 전신에서 흘러넘치고 있는 저 가공할 사령력, 아까까진 부하들 눈치 보느라 차마 꺼내지 못했던 검은 신의 권능 탓이었다.

"실수했구려, 디오그레스 공."

어둠을 노골적으로 드러낸 드렐타인의 입가에 짙은 비웃음이 떠올랐다.

"평판에 신경 쓰느라 전력을 다하지 못한 건 이쪽도 마찬가지인데 말이지."

～✦～

갑자기 고성 저편에서 가공할 어둠의 기운이 느껴진다.

그 정체가 무엇인지 파악하는 건 엘레자르에겐 그리 어려운 일이 아니었다.

'드렐타인? 지금 무슨 짓을…….'

순간 당황한 그녀였지만, 금방 드렐타인과 같은 결론에 도달할 수 있었다.

'아, 그렇구나!'

보는 사람이 없는데 뭔 짓을 하건 그 누가 알겠냐고 했던 가?

이는 엘레자르와 드렐타인에게도 똑같이 적용되는 사항이었다.

"오호호호!"

소리 높여 웃으며 엘레자르가 백금의 여왕으로 땅을 두들겼다.

대지가 진동하며 검은 마법진이 피어올랐다.

쿠우우웅!

삽시간에 그녀의 전신이 검은 기류로 물들어 흐느적거렸다. 마치 어둠으로 만든 드레스를 걸친 듯한 모습이었다.

아크 리치들이 기겁해 뒤로 물러섰다.

"사령력?"

"어둠의 힘을 쓴다고?"

"부하들 눈치도 안 보고?"

그나마 제일 눈치 빠른 뎀피스가 먼저 상황을 파악했다.

"아차! 보는 눈 없긴 저쪽도 마찬가지지!"

곧바로 엘레자르의 술법이 폭풍처럼 밀려들었다.

"지친 사람 붙잡고 물고 늘어지는 것도 여기까지다!"

고성 바닥을 타고 탁기의 기류가 뱀처럼 사방으로 퍼져 간다.

수십 개의 검은 촉수가 아크 리치들을 덮쳤다. 도저히 항거할 수 없을 정도로 압도적인 힘이었다.

허겁지겁 마법을 써 피하며 칼라프가 전언을 날렸다.

[어, 어쩝니까, 카르나크 님?]

이들이 여태 몰아붙일 수 있었던 이유는 어디까지나 디오그레스와 싸우느라 엘레자르의 마나가 거덜 났기 때문이다.

하지만 사령술까지 쓰기 시작하면?

[도무지 승산이 없어지는데요!]

카르나크의 답변은 없었다.

엘레자르가 그럴 기회를 주지 않았다.

애초에 제대로 싸웠다면 별것도 아닌 놈들이다. 디오그레스와 싸우다 그녀가 지친 틈에 어부지리를 노렸을 뿐이지.

그런 놈들에게 여태 수모를 당했으니 그 분노가 오죽할까?

'한 방에 모조리 쓸어 주마!'

끌어 올린 사령력을 한 점에 모아, 가공할 권능으로 바꾼다.

목표는 바로 저 흑발의 청년, 그 무엇보다도 최우선적으로 죽여 버리고 싶은 저 뺀질거리는 면상의 소유자!

"혼돈의 손길이여, 극지의 서리를 담아 심연의 일격을 가할지어다!"

칠흑의 폭포가 허공을 꿰뚫고 카르나크를 향해 흘렀다.

그는 물론이고 아크 리치들과 고성까지 붕괴시키기에 충분한 가공할 위력의 폭포였다.

그 절대적인 죽음을 앞두고, 카르나크는 빙그레 웃었다.

"어휴, 이제야 깨달았냐? 진짜 더럽게 느리네."

동시에 품속에서 뭔가를 꺼내 내밀었다.

엘레자르의 안색이 일순 굳었다.

'저건?'

칠흑의 정육면체, 역시공 초월체였다.

'저게 왜 여기에?'

역시공 초월체가 어둠의 폭포 앞에 흑요석의 빛을 발했다.

눈부신 어둠과 검은 빛이 허공에서 충돌하며 굉음을 토했다.

콰아아아아아아앙!

역시공 초월체가 하나씩 해체되며 파편화된다.

정육면체의 면 하나하나가 카르나크의 오른 손가락에 차례대로 스며든다.

수많은 고통이 엄지에 깃든다.

"하나."

끝 모를 증오가 검지에 깃든다.

"둘."

한없는 공포가 중지에 깃든다.

"셋."

다하지 못한 슬픔이 약지에 깃든다.

"넷."

몰아치는 광기가 소지에 깃든다.

"다섯."

다섯 손가락을 모조리 접은 카르나크의 손등으로 마지막 남은 어둠의 면이 살며시 내려앉았다.

영원한 고독이었다.

카르나크는 오른손을 도로 펼쳤다. 그리고 가볍게 허공을 쓰다듬으며 웃었다.

"진짜 오랜만이군, 이 느낌."

엘레자르가 멍하니 눈을 깜빡였다.

"이, 이게 무슨?"

상대가 무슨 짓을 한 건지 이해가 가지 않았다.

그럼에도 본능적으로 공포가 느껴진다.

"고맙구나, 엘레자르."

그런 그녀를 돌아보며 카르나크는 솔직하게 감사를 표했다.

"네 덕분에, 살아 있는 몸으로 죽음을 붙잡는 데 성공했다."

❈

역시공 초월체를 손에 넣은 뒤 꾸준히 연구에 매진한 카르나크였다. 그 결과 이런저런 사용법도 꽤나 터득할 수 있었다.

하지만 그 모든 것이 피상적인 것일 뿐이었다.

가장 중요한 본질, 역시공 초월체를 이루는 어둠 그 자체에는 도저히 손이 닿지 않았다.

짜증 나는 점은, 명색이 사령왕이다 보니 어떻게 하면 손이 닿는지 방법 자체는 또 알아냈다는 것이다.

죽으면 된다.

정확히는, 언데드가 되면 되지.

물론 그럴 생각은 죽어도 없었다.

세계 멸망을 막기 위해 다시 언데드로 돌아가야 한다고?

그럴 바엔 육즙 뚝뚝 떨어지는 스테이크라도 거하게 뜯으며 최후의 만찬을 즐긴 뒤 온 세상 사람들이랑 다 같이 멸망하겠다는 것이 카르나크의 지론이었다.

어떻게든 귀한 몸 잘 챙겨 가며 역시공 초월체를 바닥까지 긁어먹고 싶다.

이런 굳은 신념(?) 아래 꾸준히 연구를 계속했고, 결국 어느 정도 해답을 얻었다.

역시공 초월체의 구조를 깰 수 있을 정도로 강력한 사령력에 충돌시키면 된다.

그렇게 균열이 간 초월체를, 죽음이 내재한 여러 개념으로 분리시켜 따로 조작하면 최대한 부작용을 줄이며 원하는 바를 얻을 수 있는 것이다!

그런데 시도하려 하니 문제가 있었다.

"막상 계산해 보니 그 정도 사령력을 지닌 경우가 몇 안 되더라고."

왕년 그의 수하였던 무왕과 대마법사 정도만 간신히 조건을 맞출 수 있었다. 그 외엔 아무리 뛰어난 사령술사라도 근처에조차 오지 못했다.

여기서 또 하나의 문제가 생긴다.

엘레자르나 드렐타인과 카르나크가 싸우면, 과연 원하는 대로 상대가 사령술을 써 줄까? 이미 무왕이고 대마법사인데?

그냥 마법이며 오러로도 충분히 원하는 바를 성취할 수 있을 텐데 굳이 남들 보기에 위험한 힘을 쓴다고?

그래서 이렇게까지 수를 쓴 것이다.

어떻게든 엘레자르가 사령술을 퍼붓게 하기 위해서.

오른손을 이리저리 살피며 카르나크가 장난스레 말했다.

"힘이 없으니까 서럽긴 서러워. 이거 하나 해 보겠다고 몇 번이나 판을 깔아야 하니, 원."

엘레자르가 인상을 구겼다.

"무슨 짓을 한 건진 모르겠지만……."

방금 일어난 현상이 도저히 이해가 안 가는 건 사실이다.

게다가 아까부터 알 수 없는 공포가 본능적으로 심장을 옥죄고 있기도 하다.

하지만 객관적으로 보면?

카르나크는 그냥 역시공 초월체를 해체해서 오른손에 붙였을 뿐이다. 당장 엘레자르도 가지고 있는 그 역시공 초월체를.

"그런 걸로 뭘 할 수 있다는 거냐?"

애써 비웃는 엘레자르를 향해 카르나크는 오른손을 살짝 들었다.

"뭘 할 수 있냐고?"

그리고 손가락을 갈고리처럼 만들더니 공간을 길게 찢어 발겼다.

"이런 거."

사방이 어둠으로 가득한, 위도 아래도 없는 기이한 아공간.

그 속에 두 사람이 서 있었다.

"엘레자르?"

"드렐타인?"

서로를 보며 둘은 당황했다.

카르나크가 허공을 찢는 바로 그 순간, 모든 감각이 뒤틀리더니 어느새 이 장소였다.

심지어 드렐타인은 한창 바로스를 상대하는 중이었는데.

"이게 뭐지?"

"모르겠어요."

주위를 둘러보며 엘레자르가 혀를 찼다.

"마치, 테스라낙 님의 신전 같은데……."

목소리가 들렸다.

"여길 테스라낙의 신전이라고 하다니."

어둠 저편에서 느긋하게 모습을 드러내는 카르나크였다.

"그 친구, 진짜 나인가? 취향 정말 비슷하네."

재빨리 검을 겨누며 드렐타인이 이를 갈았다.

"네 이놈! 무슨 짓을 한 거냐?"

여전히 카르나크는 태연했다.

"그걸 알려 줄 것이었으면 굳이 고생해 가며 이런 자리를
마련했겠어?"

무왕과 대마법사를 눈앞에 두고 있음에도 전혀 두려워하
는 기색이 보이지 않는다.

조롱당한 드렐타인이 인상을 구겼다.

"네놈이 감히……."

그리고 이내 표정을 폈다.

상대는 무려 무왕인 자신을 이런 기이한 상황에 빠뜨린 자
였다. 충분히 저런 오만함을 보일 자격이 있었다.

"네놈이 보통 놈이 아니란 건 인정할 수밖에 없군."

"그러게 말이에요."

엘레자르도 양손으로 수인을 맺으며 긴장한 눈빛을 보였다.

상황이 어떻게 된 건지는 모르겠다. 하지만 이들에게도 이런 상황이 처음은 아니다.

한때 인류의 영웅이었을 당시, 사령왕 테스라낙도 온갖 환술로 이들을 현혹한 바 있는 것이다.

환술에서 빠져나가는 방법은 역시 술법의 시전자를 처리하는 것이 최고.

"네놈에겐 실체가 느껴진다."

"그리고 실체가 있다면, 죽일 수도 있지."

검을, 마법의 지팡이를 꺼내 들며 타락한 무왕과 대마법사가 살기를 피우기 시작했다.

"아, 정답이야."

카르나크도 양손을 들었다.

그의 왼손에 가공할 마나가 일렁이기 시작했다.

드렐타인은 흠칫 놀랐다. 대마법사인 엘레자르와 비교해도 떨어지지 않는 마법의 기운이었다.

"정답을 안다고 문제를 풀 수 있다는 소린 아니지만."

카르나크의 오른손에서 황금의 오러가 솟구쳤다.

엘레자르도 경악했다. 무왕이나 선보일 수 있는 금검기를 마법사가 선보인 것이다.

"이곳에선 내가 절대자."

양손에 무왕과 대마법사의 힘을 쥔 채, 카르나크는 희희낙락 웃었다.

"너희들에겐 희망이 없어."

⁂

날카로운 기합과 함께 드렐타인이 몸을 날렸다.

"타앗!"

눈부신 황금의 오러가 어둠을 밝힌다. 시야 가득 날카로운 검광이 번뜩인다.

카르나크는 어렵지 않게 막았다.

"훗."

그저 왼손을 들어 일렁이는 아지랑이를 내미는 것만으로 충분했다. 가로막힌 무왕의 검이 충격파를 발하며 어둠 사이로 퍼졌다.

드렐타인의 안면이 비참하게 구겨졌다.

"이, 이건……."

아무리 지쳤다 해도 무려 무왕의 일격이었다.

그럼에도 이토록 쉽게 막힌 이유는, 저 아지랑이처럼 보이는 것이 사실은 접힌 공간 그 자체이기 때문.

'정말 10서클 마법을 썼다고?'

허세 같은 것이 아니었다.

이놈은 정말로 대마법사의 영역에 도달해 있다!

"그럴 리 없어!"

도저히 믿을 수 없다는 듯 엘레자르가 백금의 여왕을 휘둘렀다.

"만물을 멸하는 자, 내 손에 임할지어다!"

그야말로 남은 마나를 쥐어짜서 날린 마법이었다.

물질 붕괴의 권능을 지닌 이 주문이라면 저놈이 두르고 있는 거짓을 벗겨 낼 수 있으리라.

카르나크가 고개를 저었다.

"안 된다니까?"

동시에 그의 오른손이 화려하게 움직였다.

눈부신 황금의 검이 꽃을 피웠다.

흩날리는 꽃잎 하나하나가 마법의 궤적을 따라 흐르며 주문 자체를 무너뜨리기 시작한다.

파아아아앗!

만물을 소멸시켜야 할 마법이 스스로 소멸당하는 데는 채 몇 초 걸리지 않았다.

엘레자르의 안색이 창백해졌다.

저 흑발의 청년이 진정 금검기를 다루고 있다는 부인할 수 없는 증거였다.

"맙소사……."

그는 진정 이 아공간 속에서 절대의 힘을 발휘할 수 있는 것이다!

양손을 까닥대며 카르나크가 비웃음을 이었다.

"이봐, 고작 이게 전부는 아니겠지?"

드렐타인은 계속해 금검기를 쏟아 냈다.

평생 갈고닦은, 심지어 죽은 후에도 끝나지 않은 검술의 극한이 어둠을 뚫고 찬란히 펼쳐진다. 오직 무왕만이 보일 수 있는 지고의 경지다.

엘레자르 역시 마법을 퍼부었다.

제국 황실 마법사이자 대마법사의 칭호를 지닌 10서클의 추구자답게 온갖 궁극의 주문이 그녀의 지팡이를 통해 어둠 속을 뒤흔들었다.

아니, 이것뿐만이 아니다.

이들은 위대한 죽음의 신, 테스라낙의 선택을 받은 자들.

이들에겐 가공할 어둠의 권능이 내재되어 있다. 그것마저 모조리 꺼내 눈앞의 적에게 맞선다.

빛이, 어둠이, 검이, 마법이.

세계를 멸할 힘이 저들의 손끝에 담겨 끝없이 휘둘렸다.

정녕 무왕과 대마법사의 이름에 부끄럽지 않을 강대한 권능이었다.

하지만 소용없었다.

드렐타인의 검은 카르나크의 마법을 도저히 뚫을 수 없었다. 그는 놀라운 반응속도로 모든 공세를 튕겨 내고 있었다.

"아까도 말했지만."

엘레자르 역시 마찬가지였다.

아무리 마법을 날리고 또 날려도 찬란한 황금의 오러에 가로막힐 뿐이다.

"이곳에선 아무 희망도 없다니까?"

이해가 가지 않았다.

대체 어떤 술법이기에 한 개인에게 이 정도의 권능을 부여할 수 있는 걸까?

아니면 저 카르나크라는 존재 자체가 초월적이라는 건가?

그런 둘을 향해 카르나크가 안쓰러운 듯 고개를 저었다.

"예전의 당신들이었다면 이보다는 더 힘들었겠지."

세상을 지키고 인류를 수호하던 크레타스의 무왕과 제국의 대마법사.

그 위대했던 인류의 영웅들이 얼마나 강했었는지는 카르나크도 잘 알고 있었다.

하지만 지금의 드렐타인과 엘레자르는 이미 어둠에 굴복한 타락한 존재들.

힘은, 권능은 더 커졌을지 몰라도…….

"그때처럼 두렵진 않아."

엘레자르의 두 눈이 분노로 이글거렸다.

"닥쳐라!"

테스라낙 때문에 자신들이 더 약해졌다고?

결코 용납할 수 없는 신성모독이다!

"으아아아!"

드렐타인이 광기 어린 기합을 토하며 몸을 날렸다.

"울어라! 백금의 여왕이여!"

엘레자르 역시 모든 마력을 긁어모아 마지막 마법을 준비했다.

이렇게 된 이상 남은 선택지는 하나뿐이었다.

설령 그분의 뜻을 거스르는 한이 있어도, 설령 이 몸이 사멸하는 결과로 이어진다 해도…….

'저놈을 죽이고!'

'나도 죽겠다!'

어둠뿐인 아공간에 빛의 대폭발이 일었다.

콰아아아앙!

잠시 후, 끝없이 퍼져 나가는 빛무리 속에서 세 사람이 모습을 드러냈다.

드렐타인은 고통으로 얼굴을 한껏 구기고 있었다.

카르나크의 마법에 의해 상반신이 절반 가까이 날아간 탓이었다.

"크, 크으윽!"

엘레자르 또한 가슴을 움켜쥔 상태였다.

카르나크가 휘두른 금빛 투기검이 그녀의 심장을 관통하고 있었다.

"으으으……."

둘 다 돌이킬 수 없을 정도로 큰 상처를 입은 것이다.

하지만 그 대가는 작지 않았다.

카르나크 역시 두 사람과 마찬가지로, 심장을 검에 관통당하고 마법에 상반신 절반이 날아간 상태였으니까.

"크, 크크크크……."

드렐타인이 힘겨운 웃음을 흘렸다.

"공멸인가……."

그나마 다행이다.

저런 상식을 초월하는 놈이 계속 테스라낙의 계획을 방해하게 놔두는 것보다는 그나마 낫지 않은가?

하지만 엘레자르는 웃을 수 없었다.

심장에 칼이 박히고 상반신이 날아간, 분명 고통에 몸부림치고 있어야 할 카르나크가 오히려 비웃음을 짓고 있었으니까.

"공멸? 과연 그럴까?"

거대한 손아귀가 나타나 어둠을 길게 찢어발겼다.

어느새 어둠의 공간이 사라졌다. 주위가 반파된 고성의 거대한 홀의 모습으로 돌아왔다.

죽어 가는 무왕과 대마법사는 정신없이 주위를 둘러보았다.

홀 중앙에는 자신들밖에 없었다.

4인의 아크 리치들도, 디오그레스며 바로스, 레번 등 다른이들도 멀찌감치 떨어져 자신들을 지켜보고 있을 뿐.

그리고 카르나크는…….

'멀쩡하잖아?'

눈곱만큼의 부상조차 입지 않은 채 부드럽게 웃으며 자신들을 바라보고 있었다.

"후후후후."

뭔가 이상하다.

어떻게 저렇게까지 멀쩡할 수 있지? 자신들은 이렇게 죽어 가고 있는데!

순간 깨달았다.

"엘레자르?"

죽어 가는 드렐타인에게서 엘레자르의 마력이 느껴진다.

그녀 역시 마찬가지다.

"드렐타인?"

심장을 관통한 이 금빛 투기검은 틀림없이 드렐타인의 오러.

'설마…….'

'……우리끼리 싸우고 있었던 거였다고?'

카르나크가 어깨를 으쓱였다.

"상식적으로 생각해 봐."

어둠이 깃든 오른손을 까닥거리며 노골적인 비아냥거림을 이어 간다.

"내가 무슨 수로 금검기를 쓰겠냐? 무왕도 아니고."

분명 그는 드렐타인과 엘레자르를 잘 알고 있었다. 그리고 저들이 지닌 결정적인 약점도.

"하여튼 예나 지금이나 참 허세에 약하다니까."

"이, 이 개자식!"

극심한 조롱에 드렐타인이 이를 갈았다.

하지만 이내 그의 무릎이 푹 꺾였다.

상반신 절반이 날아갈 정도로 큰 부상을 입은 그였다.

무왕씩이나 되니 아직 버티고 있을 뿐이지, 원래대로라면 즉사해야 정상이다. 여기서 뭘 더 할 기력이 남아 있을 리가 없다.

"서로 죽이느라 수고가 많으셨어, 둘 다."

빙그레 웃으며 카르나크가 오른손을 들었다.

다섯 손가락 사이로 어둠이 피어올라 뱀처럼 꿈틀대며 흐르기 시작했다.

그 모습에 엘레자르는 절망했다.

'아아…….'

카르나크는 단순히 허세에 약하다는 식으로 무시했지만, 이들이 정말 허세에 속아 넘어가 서로 싸운 것은 아니었다.

아무리 강력한 환영이나 환각이라 해도 무왕과 대마법사를 속이는 것은 불가능하다.

자신들이 속은 이유는 이것이 단순한 환영이 아니었기 때문이다.

지금 저 흑발의 청년이 다루고 있는, 인간의 영역을 초월한 죽음의 근원이 세상의 이치를 다시 써 버린 것이다.

그렇기에 또 하나의 현실이 자신들을 죽음으로 밀어 넣었다.

이렇게까지 엄청난 권능을 보이는 이는, 적어도 엘레자르가 알기론 단 하나뿐이었다.

'……테스라낙 님?'

진정한 죽음의 주인이 지금 그녀의 눈앞에서 웃고 있었다.

죽어 가는 두 절대자를 향해 카르나크는 오른손을 내밀었다.

"자, 그럼 슬슬 죽어 주시지 그래?"

일렁이는 사령의 어둠이 마치 뱀처럼 머리를 들었다. 엘레자르와 드렐타인이 서로 눈짓을 교환했다.

이미 결판은 났다.

무슨 수를 써도 여기서 자신들이 살아남을 방법은 없다. 저 흑발의 청년은 완벽하게 자신들을 농락하고 죽음에 이르게 만들었다.

하지만, 검은 신의 사도들에겐 죽음이 곧 끝이 아니다!

"나의 주인이시여!"

"거두어 주소서!"

두 사람이 동시에 고함을 터트렸다.

엘레자르와 드렐타인의 주위로 어둠이 휘몰아치며 공허가 입을 열었다.

우우우웅!

멀리서 지켜보던 바로스가 인상을 썼다.

'저건?'

몇 번이나 봐 온 현상이었다.

테스라낙이 자신의 성도들의 영혼을 회수하는 어둠의 술법이다.

드렐타인과 엘레자르의 육신이 가루처럼 부서졌다. 둘의 영혼이 육체를 떠나 공허의 입으로 향하기 시작했다.

카르나크가 재빨리 오른손으로 땅을 짚었다.

"어허, 안 되지!"

어둠이 홀 바닥을 타고 달리며 사령결계진을 그렸다.

"벌써 몇 번을 놓쳤는데, 이번에도 또 놓칠 수야 있나?"

단순히 드렐타인과 엘레자르의 격퇴만이 목적이었다면 다른 방법도 있었을 것이다.

굳이 사령력을 사용하도록 유도하고 역시공 초월체까지 흡수한 이유는 전부 이를 위한 것.

"붙잡아라!"

결계진이 수십 줄기의 촉수를 뻗어 내 허공의 영혼을 움켜쥐었다.

공허 역시 검은 손아귀를 뻗어 내 영혼을 감쌌다.

양쪽으로 붙잡힌 엘레자르와 드렐타인의 영혼이 고통에 찬 신음을 토한다.

"아아악!"

"아아아아아!"

사기의 폭풍이 점점 거세진다. 어둠과 공허의 힘이 더더욱 팽팽하게 줄다리기를 한다.

시간이 지날수록 유리해지는 쪽은 공허였다.

카르나크가 펼친 어둠의 촉수가 하나둘 끊어져 재가 되어 사라진다.

"역시 영혼 강탈은 아직 무리구만."

예상하고 있었다.

테스라낙의 술법은 사령왕이었던 그조차도 알 수 없는 또 다른 방식의 술법이다.

이를 파악하려면 어떻게든 한 번은 영혼을 빼앗아야 했다.

샘플이 있어야 파해법을 찾건 말건 할 테니까.

모순이었다.

샘플이 있어야 파해법을 찾을 수 있는데, 파해법이 있어야 샘플을 구할 수 있다니?

'이러니 여태 한 번도 성공 못 할 수밖에.'

그래서 방식을 바꿨다.

'엘레자르는 포기한다.'

대마법사의 영혼은 너무도 강력하게 얽매여 있어 아직 어쩔 방법이 없다.

이내 그녀의 영혼이 촉수에서 풀려나 공허로 사라졌다.

'하지만 드렐타인은 다르지.'

물론 드렐타인의 영혼 역시 강력하게 얽매여 있기는 마찬가지다.

하지만 그는 엘레자르와 다른 점이 하나 있었다.

바로 무왕이라는 점.

"내가 말이야, 무왕의 영혼은 예전에 한번 찢어 봐서 요령을 알거든?"

영혼을 전부 빼앗는 건 아직 무리다.

이는 테스라낙이 각별하게 신경 써서 막아 놓은 부분이다.

하지만 그조차도 예상 못 한 부분을 공략하는 건 가능하지!

"찢고 자르고 이어 붙이리라!"

수십 줄기의 촉수가 공허로 향하는 드렐타인의 사지를 꽁꽁 묶었다. 그리고 그대로 땅으로 향하기 시작했다.

처절한 영혼의 비명이 터져 나왔다.

"으아아아아악!"

이내 중년 사내의 영혼이 둘로 나뉘었다.

하나는 공허의 하늘로, 또 하나는 땅의 어둠으로 향한다. 그리고 사라진다.

검은 구멍이 닫혔다.

어둠의 폭풍이 가라앉고 적막이 사위를 감쌌다.

오른손에 쥔 푸른 빛을 내려다보며 카르나크는 싱글벙글 웃었다.

비록 일부이긴 하지만, 드렐타인의 영혼을 손에 넣었다.

"이제야 일이 좀 풀리네."

⁂

대마법사 엘레자르는 죽었다.

크레타스의 무왕, 드렐타인도 죽었다.

이 완벽한 승리 앞에서 카르나크가 제일 먼저 한 일은 이

것이었다.

죽어라 오른손 털면서 손가락에 끼어 있는 어둠 빼는 것.

"분리! 빨리 분리!"

흡수한 역시공 초월체를 도로 토해 내야 하는 것이다.

이렇게나 순도 높은 죽음을 살아 있는 몸으로 계속 가두고 있는데 부작용이 생기지 않을 리 없으니까.

기이한 굉음과 함께 6개의 면이 손에서 떨어져 나와 허공으로 떠올랐다. 그리고 도로 조립되어 칠흑의 정육면체, 역시공 초월체로 돌아갔다.

하지만 여전히 카르나크의 오른손은 검게 물들어 있었다.

워낙 짙은 어둠을 머금고 있었다 보니 잔여 기운만으로도 오염이 심한 탓이었다.

최대한 빨리 탁기를 빼야 하는데 생각만큼 잘되지 않는다.

카르나크가 주위를 불렀다.

"다들 좀 도와줘!"

촐싹대는 그 모습에 아크 리치들이며 디오그레스가 의아해했다.

"예?"

"끝난 것 아니었습니까?"

"다 이겨 놓고 왜 이러나, 자네?"

솔직히 왜 저리 난리인지 이해가 가지 않았다.

그토록 엄청난 권능을 선보인 카르나크가 아닌가? 그런데 갑자기 왜?

"지금 아슬아슬해! 더 시간 끌면 큰일 난다!"

디오그레스가 무심코 물었다.

"더 시간 끌면 어떻게 되는 건가?"

다급한 대답이 돌아왔다.

"밥이 맛없어져요!"

더더욱 이해가 가지 않았다. 순간 자신들 긴장 풀어 주려고 농담을 하는 건가 싶기도 했다.

반면 바로스와 레번의 안색은 창백해졌다.

"헉!"

"그런!"

저 인간이 밥맛을 못 느끼게 되면?

이 세계의 앞날도 어찌 될지 알 수 없어진다! 매우, 엄청나게 중대한 사항이다!

두 사람이 황급히 카르나크에게 달려갔다.

"어떻게 하면 됩니까?"

"오러로 탁기 몰아내는 거 도와!"

바로스가 재빨리 은빛 오러를 끌어냈다.

"요령은?"

"나 체했을 때 손 딴 거 기억나냐?"

"네."

"그때처럼 해! 피 대신 오러를 몰면 된다!"

뭔 헛소리인가 싶겠지만, 100년을 함께 지낸 종복은 뭐가 달라도 달랐다.

"아, 그거군요."

곧바로 바로스가 카르나크의 오른팔을 움켜쥐었다. 은빛 오러가 피부 아래로 스며들기 시작했다.

레번도 자색 오러를 끌어내며 물었다.

"저는요?"

"보고 따라 해!"

순간 레번은 어이없어했다.

타인의 오러 운용을 그냥 보고 따라 하라고?

"아니, 지금 말이 되는 소릴 하셔야…… 어, 이거구나."

막상 바로스의 오러 흐름을 보고 있자니 어떻게 하는지 알 것 같다.

'나 진짜 천재 맞나? 왜 보면 알 수 있지?'

하여튼 요령 파악했으니 열심히 도왔다.

둘의 오러가 카르나크의 오른팔에서 탁기를 계속해 밀어 냈다.

잠시 후, 카르나크의 손끝에서 어둠의 잔여물이 마저 흘러나와 역시공 초월체로 돌아갔다. 안심하며 레번이 손을 뗐다.

"끝난 것 같습니다만."

카르나크와 바로스는 아직 안심한 얼굴이 아니었다.

오른손을 잠시 살펴보더니 카르나크가 진지한 표정으로 입을 열었다.

"바로스."

"네."

"줘."

"여기요."

100년 묵은 이심전심의 위력은 과연 대단했다.

별 대화도 없이 곧바로 품에서 카르나크가 원하는 것을 찾아 건넨다.

달콤한 사탕이었다.

허겁지겁 카르나크가 사탕을 입에 넣더니 쪽쪽 빨기 시작한다.

바로스가 긴장하며 물었다.

"어때요."

안도의 한숨을 쉬며 카르나크가 빙그레 웃었다.

"달다."

바로스도 간신히 미소를 되찾았다.

"다행이구만요."

역시공 초월체를 도로 거두어 품에 넣은 뒤 카르나크는 고성 저편을 바라보았다.

지금도 온갖 언데드와 마물에 휩싸여 난전이 벌어지고 있는 던전 내 광장을.

"자, 그럼 저쪽도 마무리를 지어야겠지?"

"사탕 쪽쪽 빨면서 용케도 그런 진지한 표정을 지으시네요? 역시 도련님."

"닥쳐, 바로스."

"넵!"

드렐타인과 엘레자르의 사망은 모두에게 알려졌다.

대외적으론 이런 시나리오였다.

드렐타인과 엘레자르는 디오그레스와 싸우며 많이 지친 상태였다. 거기에 '던전의 주인들'에게 습격까지 받았으니 도저히 원래의 실력을 내질 못했다.

결국 둘 다 아크 리치들에게 당해 안타깝게 목숨을 잃게 되었다.

하지만 무왕과 대마법사의 명성은 과연 엄청난 것이었으니, 그 와중에도 아크 리치 4인을 모조리 무찌른 것이다!

덕분에 주인을 잃은 마물들과 언데드들은 도로 물러났고, 디오그레스 콜론은 둘의 유품을 수거해 이렇게 모두의 앞에 설 수 있었다.

"전투는 끝났다! 더 이상 싸울 의미가 없다!"

아쉽게도 증거가 될 만한 시체는 없었다. 둘 다 시체가 가루가 되어 사라졌으니까.

대신 증거품으로 삼을 만한 것이 있었다.

엘레자르의 지팡이 백금의 여왕과 드렐타인의 애검이었다.

둘 다 결코 품에서 떼어 놓지 않는 물건이었던 만큼 충분히 증거로 삼을 수 있었다.

크레타스 기사단과 제국 마탑으로 이루어진 토벌대는 곧바로 항복했다.

사실 증거고 뭐고 큰 의미가 없긴 했다.

서로 싸우러 간 이들이었다. 그런데 엘레자르와 드렐타인은 사라지고 디오그레스와 다른 이들만 무사히 나타났으면 이게 무엇을 의미하겠는가?

게다가 토벌대도 이미 거덜 날 대로 거덜 난 상태다.

죽기도 많이 죽었고 부상자도 많았다. 엘레자르와 드렐타인이 마무리해 줄 것이란 생각만으로 버티고 있었을 뿐이다.

전의를 상실하기에 충분한 상황인 것이다.

다들 순순히 무장을 해제하고 항복했다.

덕분에 디오그레스군도, 그들을 돕던 라피셀과 세라티도 한숨 돌릴 수 있었다.

카르나크가 그런 세라티를 불러 명을 내렸다.

"임시로 지휘 맡아서 뒤처리 좀 해."

"제가요?"

세라티는 의아해했다.

"딱히 싫다는 소린 아니지만, 왜 하필 저예요?"

지금 이 자리엔 그녀보다 강력한 오러 유저가 널리고 널렸다.

당장 마그너스와 데스테란만 해도 실버 나이트, 서치 블랙과 크레타스 기사단에 소속된 퍼플 나이트의 숫자도 상당하다.

"그런 저들이 고작해야 블루 나이트인 제 말을 들을 것 같진 않은데요."

카르나크가 고개를 저으며 데스테란을 가리켰다.

"적어도 저 양반은 잘 들을 것 아냐."

"아……."

그렇다. 다른 건 몰라도 서치 블랙에선 카르나크나 디오그레스보다 세라티의 발언력이 더 높다. 좋아할 일인지는 잘 모르겠지만.

카르나크가 전언으로 바꿔 말을 이었다.

[게다가 라피셀도 좀 붙잡고 있어 줘야 하고. 나, 이제부터 할 일이 있거든.]

[뭔데요?]

[벨티아 문제를 마저 해결해야지.]

아까는 너무 급한 데다 여력도 없어서 그냥 꿈의 환영에 임시로 가둬 놓을 수밖에 없었다.

하지만 지금은 카르나크와 디오그레스, 바로스 모두 건재하다. 꽤나 지치긴 했지만 그래도 한숨 돌린 후라 어느 정도 힘이 돌아왔다.

여기에 물리친 척하고 몰래 숨겨 둔 아크 리치 4대 장로도 있으니 벨티아 하나 정도는 충분히 제압할 수 있을 것이다.

[그럼 후딱 다녀올게!]

⁂

카르나크와 디오그레스 콜론, 바로스는 곧바로 고성 안쪽으로 향했다.

잠시 후 4인의 아크 리치가 주위를 두리번거리고 있는 모습이 보였다.

'벨티아 감시하랬더니 쟤들 저기서 뭐 하고 있어?'

의아해하며 묻는다.

"뭐 하냐? 벨티아는?"

칼라프가 되물었다.

"저희가 드리고 싶은 말씀입니다. 시프라스의 무왕이 어디 있다는 겁니까?"

"엥?"

놀란 카르나크가 주위를 두리번거렸다

틀림없었다. 벨티아가 죽은 딸아이의 영혼과 조우하고 있던 장소였다.

그런데 정작 벨티아도 딸의 영혼도 안 보인다.

'이게 어떻게 된 거지? 아직 술법이 풀렸을 시간이 아닌데.'

혹시 벨티아가 스스로 현혹술을 풀어 버린 걸까? 무왕다운 가공할 정신력으로?

그럴 가능성도 아주 없다곤 못 하겠다만……

'벨티아가 그럴 능력이 있었으면 애당초 현혹에 걸리지도 않았을 텐데?'

설령 그녀가 스스로 술법을 풀었다손 치자.

그래도 여전히 앞뒤가 맞지 않는다.

'그 경우라면 당장 나부터 죽이러 와야 정상 아닌가?'

정신 차린 그녀가 그대로 사라지는 것도 이상하긴 마찬가지다.

도저히 납득이 안 가는 상황이었다.

"이거 골치 아프네. 어디 물어볼 사람도 없고."

투덜대는 그를 보며 티라파트가 의아해했다.

"왜 물어볼 사람이 없습니까?"

"응?"

"무왕의 죽은 딸이 있잖습니까? 초혼해서 확인하시면 되지 않나요?"

"어, 그러게?"

혀를 차며 카르나크가 곧바로 강령술을 준비했다.

"나도 참 많이 사람 되었나 보다. 이런 게 바로 안 떠오르다니."

이내 검은 결계진이 펼쳐졌다.

하지만 반응은 없었다. 아무리 초혼을 시도해도 딸아이의 영혼이 응답하지 않았다.

"이런……."

카르나크의 안색이 굳었다.

어떤 경우에 강령술이 이런 식의 반응을 보이는지 그는 잘 알고 있었다.

"누군가가 영혼을 대신 훔쳐 갔잖아?"

꽃

공허 속을 유영하는 어둠의 권능, 아스트라 슈나프.

그 죽음의 거목 앞에 희미한 빛이 반짝인다.

대마법사 엘레자르의 영혼이었다.

"용서하소서, 주인이시여. 저희가 실패했나이다."

그녀는 스스로를 유지하고 있었다. 무한의 공허 속에서 필멸자는 결코 이성을 유지할 수 없음에도 불구하고.

테스라낙의 가호가 더욱 강해졌다는 증거였다.

"그래, 실패했지."

검은 권능, 테스라낙의 목소리가 들려왔다.

"그럼에도 만족스러운 결과로다."

계획대로는 되지 않았으되 바라던 대로는 되었다. 아이러니컬한 일이었다.

"나의 지음을 받은 교황이 그에게 죽었다."

타락한 태양의 교황, 제덱스 티엘란드.

"나의 지음을 받은 무왕도 그에게 죽었지."

델피아드의 무왕, 레번 스트라우스.

"그리고 이제, 나의 지음을 받은 대마법사마저 그에게 죽었구나."

대마법사, 엘레자르 데 리플라시온의 영혼이 테스라낙에게로 스며든다.

"죽음의 주인이 자신의 것을 모두에게 베풀었으니, 주인된 자의 낙인이 드디어 이 손에 들어옴이라."

원한 것을 취한 뒤 테스라낙은 영혼들을 도로 토했다.

엘레자르, 드렐타인, 레번 스트라우스.

공허를 떠돌고 있으나 여전히 과거에 뿌리내린 미래의 영혼들이었다.

"너희들은 다시 향할 것이다."

테스라낙의 명령에 영혼들이 항변했다.

"하나 주인이시여."

"저희를 부를 자들이 없나이다."

이제 검은 신의 교단에 남은 성인은 아티마의 타락한 교황, 발레리아 베릴리뿐이다. 더 이상 대마법사도 무왕도 없다.

테스라낙은 부인했다.

"그렇지 않다."

갑자기 어둠 한 곳에 기도하는 중년 여인의 모습이 비쳤다.

―테스라낙이시여. 당신을 섬기나이다……

"부른 적 없고 베푼 적 없는데, 참으로 강력하게 연결되었다. 정말이지 그자는 예상치 못한 곳에서 세상을 흔들더구나."

시프라스의 무왕, 벨티아 크로테움.

딸아이와의 재회를 통해 테스라낙에 대한 무한한 신앙을 가지게 된 그녀가 새로운 어둠의 법왕이자 오러를 대표하는 이가 되었다.

이미 발레리아가 죽음의 교황으로서 신성력을 대표하고 있으니, 남은 것은 마나를 대표할 파괴의 성인뿐.

이 또한 테스라낙은 이미 안배해 놓았다.

"기엔 렌이 가리라."

나쁘게 좋은 일

승리한 디오그레스군은 펠란티아 산맥을 떠나 여명탑으로 돌아갔다.

수장을 잃은 크레타스 기사단과 제국 마탑의 마법사들, 7 여신교의 성직자들도 순순히 그들의 뒤를 따랐다.

여명탑에서 어느 정도 전후 수습을 마친 뒤 디오그레스는 제도 테아 크라한으로 향했다.

본격적으로 반역을 저지르겠다는 게 아니라, 자신의 떳떳함을 입증하기 위해서였다.

예전에야 엘레자르와 드렐타인이 수작을 부리고 있다는 것을 뻔히 아니 감히 위험을 감수할 수 없었다.

하지만 이젠 더 이상 신경 쓸 필요가 없는 것이다.

직접 여신교의 본산을 찾았고, 일곱 여신의 신관들이 그를
샅샅이 확인한 뒤 공언했다.

─디오그레스 공이 사교도라는 것은 터무니없는 오해였습
니다.

자신의 누명을 확실하게 푼 디오그레스는 엘레자르의 세
력, 렐프란츠 공작가와 드렐타인의 세력, 카제밀 후작가에도
화해의 손을 내밀었다.
굳이 저 두 사람이 검은 신의 성인들이었다는 사실을 알리
지는 않았다. 어디까지나 서로 '오해'가 있어 생긴 제국의 불
행인 걸로 마무리되었다.
어쩔 수 없었다.
여기서 진실을 밝혀 버리면 제국에 내전이 벌어질 수도 있
는 것이다. 반역죄는 연좌제가 적용되는 법이니까.
"그러니 겉으로는 적당히 다독이면서 물밑으로 처리하는
것이 최선입니다."
"음."
디오그레스의 말에 마주 앉은 노인, 라케아니아 제국 황제
고트프리드 2세는 인상을 쓰며 되물었다.
"그래도 확실하게 쳐 내는 게 낫지 않겠는가?"
"양 가문 모두 사교도가 아닌 이들이 더 많을 테니까요.

솎아 내는 작업이 필요합니다."

"귀찮은 일이 되겠구려."

"그렇습니다. 하지만 필히 행해야 하는 일이기도 하지요."

지금 이들이 있는 곳은 황제의 개인 집무실이었다.

평소 황제를 배알하는 장소인 알현의 홀은 워낙 보는 이들이 많다.

이런 중대한 일을 이야기하기엔 그리 어울리는 장소가 아니다.

문득 고트프리드 2세가 한숨을 내쉬었다.

"허허, 역시 믿기 싫은 이야기로군. 제국의 무왕과 대마법사가 사교도였다니."

디오그레스가 정중히 고개를 숙였다.

"현명하신 폐하께서 진실을 꿰뚫어 보시리라 믿었습니다."

"짐이 딱히 현명한 인간은 아니네만……."

쓴웃음을 지으며 황제가 말을 이었다.

"이런 얕은 진실도 못 알아볼 정도는 아니지."

디오그레스를 먼저 사교도로 몰아붙인 것은 틀림없이 엘레자르와 드렐타인이었다. 그 주장을 입증하기에 충분한 증거도 가져왔다.

이 시점까지는 고트프리드 2세도 디오그레스 콜론이 반역자라 믿어 의심치 않았다.

하지만 이후 벌어진 행보가 영 수상쩍었던 것이다.

황궁에서 벌어지는 온갖 모략과 음모에 익숙한 황제였다. 사람이 누명을 쓸 경우 어떤 식으로 움직이는지도 잘 알고 있었다.

엘레자르와 드렐타인의 행보는 '누명을 씌운 쪽'이었다.

"반면 디오그레스 공, 그대는 사교도라기엔 이후의 행동이 영 어색했고 말일세."

그래서 내심 황제도 저들을 의심하고는 있었다. 행동으로 옮기기 전에 상황이 끝나 다행스러울 뿐이었다.

"유일하게 남은 제국의 대마법사가 사교도와 아무 관련이 없어 천만다행이구려."

신뢰가 듬뿍 담긴 황제의 말에 디오그레스는 내심 떨었다.

감격해서가 아니라, 양심의 가책 때문이었다.

'사실 아무 관련도 없진 않은데…….'

✴

분명히 누명 쓰고 도망칠 때만 해도 그는 사교도와 전혀 관련이 없었다.

하지만 지금은?

황혼교 있잖아, 황혼교.

심지어 지금도 그놈의 데스테란이 은근슬쩍 찾아와 꾸준

히 그를 괴롭히고 있다.

　－좋은 말씀 전하러 왔습니다!

　서치 블랙의 본거지도 제도 테아 크라한이니, 마침 제도를 찾은 디오그레스가 꽤나 반가웠던 모양이다.

　그나마 다행인 건, 데스테란이 들락거린다고 딱히 주변 사람들이 의심하거나 하진 않는다는 점이다.

　도주 중이던 디오그레스가 서치 블랙의 도움을 받아 힘을 되찾았다는 건 대놓고 공표했으니까.

　그저 그 서치 블랙이 황혼교와 관련이 있다는 사실을 알리지 않았을 뿐이다.

　황제와의 알현이 끝난 후 저택으로 돌아가며 디오그레스는 고민에 잠겼다.

　'이제 어째야 할까?'

　대마법사의 힘을 되찾았으니 예전처럼 서치 블랙의 눈치를 볼 필요는 사실 없다. 데스테란이 귀찮게 구는 것도 사실 마음만 먹으면 얼마든지 못 하게 만들 수 있다.

　목숨을 빚진 신세이다 보니 차마 뭐라 할 수 없을 뿐이지.

　게다가 데스테란 본인은 정말 악의가 전혀 없거든.

　본인은 진심으로 디오그레스를 위한 일이라 믿으며 초롱초롱한 눈망울을 번뜩이고 있는데 거기 대고 뭐라 하기도 그렇지.

'하지만 황혼교는…….'

많이 둔감해지긴 했지만, 그렇다 해도 사령술을 긍정할 순 없는 디오그레스였다.

사령술은 틀림없이 인간이 손대어선 안 될 사악한 술법이다. 반드시 세상에서 없애 버려야 한다.

다만 황혼교 자체와는 아직 척질 생각이 없었다.

검은 신의 교단이 남아 있는 이상 황혼교는 사냥개로 쓸모가 있다.

이독제독으로 쓰이기 충분하다.

이런저런 이유를 떠올리다 디오그레스는 피식 웃었다.

'아니, 이런 건 다 핑계로군.'

솔직히 말하면, 황혼교에 딱히 위협을 느낄 수가 없었다. 정확히는 그 수장인 카르나크에게.

옆에서 봐 온 덕분에 대충은 그의 성품을 미루어 짐작할 수 있었다.

결코 선한 자라고 할 순 없다. 뭔가 심각하게 어긋난 인간인 것도 맞다. 수법만 봐도, 인륜 따윈 개나 줘 버리고 멋대로 행동한다.

틀림없이 위험한 자였다.

그런데 정작 세상에 해를 끼칠 것 같냐고 하면…….

'탐욕 같은 건 전혀 느껴지지 않는단 말이야. 어떻게 저런

인간이 있을 수 있지?'

　디오그레스에 비해 카르나크는 훨씬 홀가분하게 움직일 수 있었다.

　여명탑의 군세는 물론이고 항복한 토벌대의 군세까지 관리해야 하는 디오그레스였다. 반면 카르나크는 딱히 군대랄 것이 없었다.

　죄다 아크 리치들이 마련한 언데드 군대뿐이었으니까.

　그냥 저들을 도로 제 할 일 하러 보내면 전후 처리 완료다.

　"그럼 저흰 돌아가 보겠습니다, 카르나크 님."

　"어, 수고해."

　사람들 앞에 드러나면 안 되는 처지인 만큼 다들 조용히 사라졌다.

　이제 각자의 담당 지역으로 돌아가 황혼의 교세를 드높이고 검은 신의 교단과 맞서 싸울 준비들을 할 것이다.

　도중에 세라티가 의견을 하나 내긴 했다.

　"이왕 여기까지 온 김에 플로케도 고향 보내 주면 안 되나요?"

　거대한 아성체 화이트 드래곤이었다가, 새끼 화이트 드래곤이 되었다가, 이젠 작은 고양이의 모습이 되어 버린 인생

역정의 주인공이 그녀의 품에 안겨 귀엽게 울었다.

냐옹!

영지에 두고 다닐 수가 없으니 세라티는 이 꽹이 드래곤(?)을 이곳 펠란티아 산맥까지 데리고 와야 했다.

그런데 지도를 보아하니, 여기서 동쪽으로 조금만 더 가면 드래곤 랜드가 나온다?

"이 정도 거리라면 충분히 데려다주고 돌아갈 수 있을 것 같은데……."

카르나크는 난처해했다.

"꼭 풀어 줘야 하나?"

"왜요? 드래곤 랜드까지 거리가 멀어서 못 풀어 준다면서요?"

"말은 그렇게 했지만……."

사실은 연구하고 싶다는 욕심이 훨씬 컸다.

멀쩡한 성체 드래곤이 새끼가 되는 괴사를 만났는데 그냥 넘긴다면 마법사의 자격이 없지 않겠는가?

"마법사 아니시잖아요? 사령술사면서."

"어쨌건 연구직이잖아."

뒷머리를 긁으며 카르나크가 말을 이었다.

"보통 일이 아니니 아무래도 이유를 알고 싶지. 잘만 하면 쓸모 있는 술법을 개발할 수 있을지도 모르고."

"드래곤이 작아진다고 해서 무슨 쓸모가 있는데요?"

의아해하는 세라티를 향해 카르나크가 의미심장한 눈빛을
보냈다.

"이게 상황이 좀 이상하긴 한데, 이렇게 생각해 봐."

거대한 드래곤이 작아진 게 아니라, 나이 많은 드래곤이
도로 어려진 것이라고 한다면?

"……어머!"

그렇다.

순리를 거스르는 무시무시한 회춘의 술법이 되는 것이다!

세라티의 눈동자에 불꽃이 튀었다.

"젊어질 수 있다는 거예요?"

"심지어 별 대단한 부작용도 없이 말이지."

물론 부작용이 아주 없다곤 못 한다. 아성체 드래곤은 작
아진 대가로 그간 쌓아 온 용의 권능을 모조리 잃어버렸으
니까.

"그래도 나이를 거꾸로 먹은 건 사실이잖아. 나중을 생각
하면 지금 꾸준히 연구해 두는 게 좋지 않겠어?"

아무리 엄청난 권능을 손에 쥔 자라도, 심지어 무왕이나
대마법사라 할지라도 시간 앞에서 영원하지는 못하다.

그 어떤 오러나 마나, 신성력도 세월이 흐르면 결국 사라
지는 법이다.

아, 물론 세월이 지나도 사라지긴커녕 더더욱 강해지는 사
령력 같은 것도 있긴 하지만 이건 이야기가 좀 다르고.

세라티가 품의 플로케를 꼭 안으며 말을 바꿨다.

"생각해 보니 이런 어린아이를 그 험한 드래곤 랜드에 그 냥 풀어놓는 것은 못 할 짓인 것 같네요."

"그렇지?"

서로를 보며 두 남녀가 히죽 웃었다.

그 모습에 지나가던 바로스가 고개를 갸웃거렸다.

'세라티 경이 도련님이랑 죽이 맞기 시작했네?'

플로케 문제까지 결정한 뒤 카르나크 일행은 펠란티아 산 맥을 떠나 제스트라드 영지로 향했다.

카르나크와 바로스, 세라티와 레번, 라피셀과 밀리아로만 이루어진 조촐한 일행이었다.

데스테란이 성녀님 따라가겠다며 난리를 피우긴 했지만, 이건 세라티 시켜서 적당히 말릴 수 있었다.

- 황혼의 미래를 위해 성무를 맡아 주세요.
- 물론입니다! 하명하소서!

제도 테아 크라한으로 돌아가, 제국의 동태를 파악하고 디오그레스를 감시하는 것이 데스테란에게 주어진 새 임무였다.

디오그레스는 황혼교의 실체를 대부분 파악하고 있었다.

교주인 카르나크부터 시작해서 성녀인 세라티며, 장로인 아크 리치들까지.

이런 위험한 기밀 정보를 파악한 이가 무려 대륙의 최강자 중 하나인 대마법사이기까지 하다.

절대 안심할 수 없는 상대인 것이다.

지금이야 같은 편이고 사이도 꽤 좋지만, 황혼교가 사령술을 기반으로 하는 이상 언제 적대시하게 될지 모를 일이다.

－그러니 데스테란 경께서 교단의 미래를 위해 위험을 감수해 주셨으면 합니다.

－알겠습니다! 세라칼 님을 위하여!

데스테란은 곧바로 서치 블랙 이끌고 제도로 돌아갔다.

다만, 꼭 카르나크가 바란 대로 움직이진 않았다.

카르나크가 원한 건 어디까지나 디오그레스의 감시였으나…….

－디오그레스 공이 황혼의 진리를 깨닫게 되면 모든 것이 형통할 터!

이러더니 죽어라 전도 작업에 나선 것이다.

뭐랄까, 말리기도 피곤해서 그냥 모른 척 내버려두기로 했다.

"어쨌거나 감시는 되겠지, 뭘."

"디오그레스 공에겐 좀 미안하네요."

"목숨 살려 주고 지위 되찾아 줬는데 그 정도는 감수해야지. 그리고 디오그레스 그 양반, 사람이 워낙 좋아서 이 정도 신세 졌으면 우리한테 함부로 못 할걸."

"……그 좋은 사람을 죽여서 언데드 부하로 만들었단 말이죠?"

"아니거든! 산 채로 부하로 만든 다음 죽은 거야. 순서가 달라."

"그게 무슨 의미가 있는데요?"

"사령술사 입장에선 상당히 의미가 크지만, 설명해 봤자 모르겠지?"

하여튼 데스테란 문제도 해결했으니 더 이상 거리낄 것이 없다.

"자, 어서 영지로 돌아가자. 돌아가서 우리 타인 씨 좀 확인해 봐야지."

문득 레번이 의아해하며 물었다.

"타인 씨가 누굽니까?"

"누구긴?"

카르나크가 장난스레 뭔가를 찢는 시늉을 했다.

"드렐이는 갔고 타인만 남았잖아."

"……아무리 적이었다지만 너무하시네요, 진짜."

⚜

카르나크 일행은 별일 없이 무사히 제스트라드 영지로 돌아왔다.

이번엔 레번도 일행을 따라왔다. 스트라우스 가문 쪽 일은 많이 처리해 둬서 한동안 갈 일 없다는 것이다.

"더 강해지고 싶습니다."

드렐타인과 싸우며 자신의 약함을 깨달았다거나 한 건 아니었다. 무려 무왕이랑 싸워서 살아남아 놓고 저런 헛소리를 할 정도로 그는 뻔뻔하지 않았다.

오히려, 무왕을 상대로도 그만큼 싸울 수 있었던 스스로를 돌아보니 욕심이 생긴다.

"조금만 더 하면 뭔가 잡을 수 있을 것 같아서요."

바로스의 도움을 받아 그간 쌓아 온 것들을 진득하게 검토할 생각이었다.

세라티와 라피셀은 다른 일로 바빴다.

노집사 타펠이 둘을 붙잡고 묘한 요구를 한 탓이었다.

"검술만이 기사의 본분은 아니지 않습니까? 그에 걸맞은 교양과 품위를 갖추셔야지요."

그래서 바로스는 의아해했다.

"우리 영지 기사들한테 교양과 품위가 있었어요?"

제스트라드 가문의 기사들은 영민들을 지키기 위해서라면 제 목숨도 아끼지 않는 존경할 만한 전사들이다.

하지만 저들에게 교양과 품위가 있냐고 하면, 글쎄?

타펠도 굳이 부인하지 않았다.

"있어야 하는데 없는 게 문제지."

이런 시골 기사들에게 너무 많은 걸 바라서는 안 되는 법이다. 그런 이유로 기존의 기사들은 포기했다.

"하지만 두 분은 젊지 않나? 아직 늦지 않았지."

바로스는 한 번 더 의아해했다

'어리기로 따지면 세라티 경보다 내가 더 어린데?'

하지만 입 밖으로 내진 않았다. 그랬다간 자기도 붙잡혀서 공부하게 될 것 같았거든.

아무리 100년 넘게 살아가며 세상을 멸망시킨 주역 중 하나라고 해도, 어릴 적부터 부모처럼 챙겨 준 사람 말은 거역하기 힘들다.

"네, 뭐, 타펠 영감님 말씀이 옳겠죠."

이런 이유로, 세라티와 라피셀은 오전에는 검술 수행을 하고 오후엔 다양한 학문을 익히게 되었다.

법과 행정, 그 외 각 왕국의 언어와 예법까지.

두 사람 다 제법 열심히 학업에 열중했다.

라피셸이야 워낙 성실한 성격이고 세라티도 딱히 게으름을 피우는 타입은 아니었으니까.

다만 의문이 좀 들긴 했다. 과하다고 느껴질 정도로 경영이나 행정, 법률 등을 중점적으로 숙지시켰던 것이다.

게다가 자수며 요리까지 시킨다?

'이게 정말 기사의 교양이 맞나?'

사실 노집사 타펠에게는 숨겨진 속내가 있었다.

'아무래도 세라티 경이 미래의 제스트라드 남작 부인이 될 것 같은데, 지금부터 교육을 시켜 놓아야지!'

신기할 정도로 여색에 관심이 없는 카르나크였다. 식탐만 많지, 여성 편력 문제로 가면 무슨 성인을 보는 느낌이다.

노집사로서는 걱정이 되지 않을 수 없는 것이다.

예전에는 평민 출신인 세라티가 탐탁잖은 부분도 없지 않았지만 이제 와선 차라리 그녀라도 카르나크의 아내가 되어 주길 바랄 지경이었다.

그럼 라피셸은 왜 함께 교육받고 있냐고?

'혹시 모르는 일이잖아? 만일의 경우도 대비해야 하는 법이지.'

라피셸도 어느덧 16세, 꽃다운 처녀로 자라났다. 처음 봤을 때의 어린아이가 아니라 이제 제법 성숙한 티가 물씬 난다.

16세라면 귀족 영애 기준으로는 충분히 시집갈 나이다. 세라티의 나이 정도면 사실 귀족들 사이에서는 노처녀 취급이다.

그러니 충성스러운 집사답게 라피셀도 일단 교육 코스에 집어넣은 것이다.

그렇게 세라티와 라피셀이 타펠의 음흉한(?) 속셈 아래 남작가 안주인 교육을 받고 있는 동안, 카르나크 역시 바쁜 나날을 보내고 있었다.

영주로서 영지의 밀린 업무 싹 다 처리하고, 교주로서 밀린 황혼교 업무도 처리해야 하며, 상단주로서 밀린 경영 업무도 확인해야 한다.

이래저래 쓴 감투가 많다 보니 일거리도 은근히 많았다.

덕분에 그나마 어느 정도 숨 돌릴 틈이 생긴 것은 영지 돌아온 지 거의 보름이 지난 후였다.

마지막 업무 서류에 사인을 한 뒤 카르나크가 고개를 절레절레 저었다.

"급한 불은 껐으니 슬슬 드렐타인 강령할 준비를 해야겠군."

불완전한 영혼은 특히나 취급을 신중하게 해야 한다. 조금만 실수해도 기껏 손에 넣은 영혼이 허무하게 흩어질 가능성이 높다.

그래서 제덱스 때도 충분히 모든 준비를 갖춘 뒤에야 초혼을 시도했었다.

드렐타인의 영혼 역시 마찬가지였다.

찢어진 무왕의 영혼이 어떤 반응을 보일지 모르니 아무 데서나 함부로 강령술을 펼쳤다가 잘못되면 뒷수습이 어려워진다.

이것이 카르나크가 일부러 영지까지 돌아온 후에야 초혼을 시도하는 이유였다.

제스트라드 영지에는 그가 오래전부터 공들여 마련해 둔 사령술 제단이 있다. 만일의 변수가 생기더라도 충분히 감당하며 강령술을 펼칠 수 있는 것이다.

"……엄밀히 말하면 제스트라드 영지가 아니잖아요? 데벤토르네 숲이지."

카르나크를 따라 어두운 숲속을 걸으며 바로스가 혀를 찼다.

마찬가지로 뒤를 따르던 세라티가 어깨를 으쓱였다.

"그래도 이번 제단은 아직 안 들켰나 보던데요?"

그간 틈만 나면 여신교 성직자들에게 억울하게 털렸던 데벤토르다. 그런데 이번에 영지 돌아와 보니 그럭저럭 잘살고 있는 것 같았다.

카르나크가 빙그레 웃었다.

"데벤토르에 뒤집어씌우는 것도 정도가 있잖아. 그래서 나도 이번엔 신경을 썼지."

이번에 카르나크가 선택한 동행자는 바로스와 세라티였다. 단순히 강령술만 펼치면 끝이라서 레번이나 라피셀까지 데리고 올 필요는 없었다.

세라티가 조금 놀란 듯 물었다.

"어머, 알리우스 씨의 눈을 속인 거예요?"

"그건 아니고."

황혼교를 이용해 알리우스 쪽에 일거리를 계속 던져 주었다고 한다.

"워낙 바빠서 그런지 우리 영지 근처까진 신경을 못 쓰는 것 같던데."

"저런."

모진 놈 만나서 팔자에도 없는 추가 업무를 하고 있을 알리우스를 떠올리며 세라티는 애도를 표했다.

하지만 뭐, 본인은 행복하지 않을까? 사교도를 처단할 때 인생의 보람을 느끼는 인간이니까.

문득 그리운 듯 세라티가 중얼거렸다.

"알리우스 씨 본 지도 오래됐네요."

바로스와 카르나크가 시큰둥하게 대꾸했다.

"그러게요. 별로 그립지는 않지만."

"그 친구가 쓸모가 많긴 한데, 그만큼 눈치도 많이 봐야 해서 피곤하거든."

"밀리아 양이 있으니 사실 이젠 별로 필요 없죠?"

둘의 대화에 세라티가 혀를 찼다.

"제발 사람을 쓸모가 있냐 없냐로만 판단하는 습관 좀 버리세요."

두 놈이 고개를 갸웃거렸다.

"이것도 사람답지 않은 건가?"

"그럼 사람을 뭘로 판단해야 하죠? 얼굴? 몸매? 재산?"

진지하게 몰라서 묻는 두 사람을 향해 상식적인 대답을 해 준다.

"성품과 인격요."

"에이, 그건 사기 치기 너무 쉽잖아."

"그럼요, 우리 도련님 보십쇼."

인류의 영웅으로 추앙받고 있는 전직 사령왕 나리를 바라보며 세라티는 한숨을 푹 쉬었다.

"그렇게 말씀하시니 확 와닿긴 하네요."

확실히 카르나크의 '대외적' 성품과 인격은 아무에게도 의심받지 않고 있지.

'어머, 그럼 진짜 뭘로 사람을 판단해야 하는 거지? 나도 헷갈리네.'

느긋하게 수다를 떨어 가며 세 사람은 계속 숲속 깊숙이

들어갔다.

한참을 걷다 보니 숲 저편에 절벽이 나타났다. 아래쪽에 동굴 하나가 뚫려 있는 제법 커다란 절벽이었다.

잠시 주위를 살핀 뒤 카르나크 일행은 동굴 안쪽으로 들어갔다.

깊숙한 곳에 돌로 된 제단이 마련되어 있었다.

벽과 천장에 짐승의 피로 사령술식이 그려져 있고 제단 위로도 사기와 탁기가 은은하게 흐른다.

"제단은 멀쩡하군. 바로 시작할 수 있겠어."

카르나크가 품에서 작은 자루 하나를 꺼냈다. 그리고 자루에서 가루를 쏟아 내 제단 위에 부었다.

만일을 대비해 경계 태세를 갖추며 세라티가 물었다.

"그게 뭔가요?"

"드렐타인의 뼛가루."

드렐타인의 시체는 가루가 되어 대부분 사라졌다. 하지만 완전히 소멸한 것은 아니었다. 어느 정도는 남아 있었다.

그 남은 뼛가루를 모조리 수거한 뒤, 입수한 드렐타인의 영혼을 가두는 일종의 감옥으로 만들어 여기까지 들고 온 것이다.

"그럼 불러 볼까."

카르나크의 전신에서 검은 기운이 흘러나오기 시작했다.

벽과 천장에 그려진 피의 사령술식이 저절로 움직이며 새로운 형태로 변했다.

"명부의 권능으로 그대를 부르노니……."

음산한 목소리와 함께 불길한 기운이 동굴을 가득 메운다.

"오라, 검 쥔 자들의 왕이여……."

뼛가루로부터 반투명한 형체가 서서히 떠올랐다.

너무 흐릿해서 이목구비를 알아보긴 힘들지만 적어도 인간의 형상임은 확실히 알 수 있었다.

"으으으으……."

유령이 신음하며 입을 열었다.

"난 대체…… 여기는……."

극도로 혼란스러워하는 표정이었다.

당연하다. 영혼이 찢긴 상태인데 멀쩡할 리가 없지.

카르나크가 재빨리 말을 이었다.

"나는 카르나크 제스트라드. 명부의 힘으로 그대를 부른 자."

언령을 통해 영혼을 제압하며 명령을 내린다.

"영이여, 이름을 고하라."

흔들리던 영혼이 더듬거리며 음성을 흘렸다.

"드렐타인…… 드렐타인 텔릭스……."

정체를 몰라서 물어본 것은 아니다. 설마 드렐타인인 줄 몰라서 물어봤을까?

영혼의 정체성을 확립시키기 위한 절차였다.

'슬슬 정보를 끌어내야겠군.'

그렇게 카르나크가 질문을 고르던 중이었다.

영혼이 예상치 못한 반응을 보였다.

갑자기 두 손을 움켜쥐며 격노로 부르르 떨더니, 극도로 흥분하며 이렇게 외친 것이다!

"드렐타인, 이 개자식!"

카르나크와 바로스, 세라티가 동시에 똑같은 표정을 지었다.

"……엥?"

"지금 뭔?"

"이건 또 뭔 상황이래요?"

⁂

영혼이 울부짖는다.

"드렐타인! 이 저주받을 놈!"

극도의 원한과 분노를 담아서 욕설과 살기를 내뱉고 또 내뱉는다.

"죽여 버리겠다! 반드시 죽여 버리겠어!"

영체가 흔들릴 정도로 격한 반응이었다.

카르나크 일행은 당황해 서로를 돌아보았다.

"이게 뭐예요?"

"혹시 딴 유령 잡아 온 겁니까?"

세라티와 바로스의 질문에 카르나크가 쌍심지를 켰다.

"그럴 리가 있겠냐? 나 왕년에 사령왕이었어!"

혹시 잉어라면서 메기 잡아 온 거 아니냐는 소릴 들은 낚시꾼 같은 표정이었다.

잉어랑 붕어 정도야 헷갈릴 수 있지만, 아무리 그래도 잉어랑 메기를 헷갈리진 않지?

"이 정도도 구별 못 할 거면 애초에 사령술사 노릇도 못했지."

틀림없었다.

저건 드렐타인 텔릭스의 영혼, 그 일부다.

"그런데 왜 저렇게 자아비판을 못 해서 난리랍니까?"

"그, 글쎄……."

당황하며 카르나크는 영혼을 이리저리 살폈다. 그리고 조심스레 캐물었다.

"네 이름은?"

"드렐타인 텔릭스."

"그럼 왜 드렐타인을 증오하는 거지?"

"그 악마가 내 모든 것을 앗아 갔으니까."

의외로 대답 자체는 순순히 한다.

그저 그 대답이 이해가 안 가서 문제지.

"지금 드렐타인 텔릭스 이야기하는 거 맞지?"

"그렇다."

"그런데 네가 드렐타인 텔릭스라고 했고?"

"그렇다."

카르나크는 미간을 짚었다. 없던 편두통이 몰려오는 기분이었다.

"뭐야, 이거 대체……."

그러던 중이었다.

문득 그의 표정이 묘하게 바뀌었다.

'어라? 설마…….'

혹시나 싶어 차분하게 질문한다.

"드렐타인 텔릭스, 그대의 나이는?"

"32살."

"맙소사, 이거……."

카르나크는 헛웃음을 흘렸다.

드렐타인 텔릭스가 죽었을 때의 나이는 40대였다. 저런 소리가 나올 리 없었다.

하지만 잘 생각해 보면, 32살에 죽은 드렐타인 텔릭스도 존재할 수 있다.

미래의 드렐타인이 지금으로부터 10여 년 전에 시공 회귀했다고 했으니까.

"……몸 빼앗긴 현세의 드렐타인이잖아?"

어이없어하며 카르나크는 눈앞의 영혼을 살폈다. 확인할수록 자신의 추측이 맞는 것 같았다.

틀림없이 현시대의 드렐타인이다.

"영혼이 이런 식으로 찢어질 수도 있나?"

밀크 티에서 우유 남기고 홍차만 쏙 빼낸 것이나 다름없다. 상식적으로는 불가능한 일이다.

"도대체 어떻게 한 거야, 나?"

그렇다고 영혼이 융합되기 전 상태로 분리된 것도 아닌 듯했다.

미래의 영혼이 현세로 회귀하면 두 영혼은 하나가 된다. 원래부터 하나였던 영혼이니까.

하지만 영혼이 하나라 해서 인격까지 하나인 것은 아니다.

인격은 기억에서 비롯되는 법.

현세의 인물에 미래의 기억이 덧씌워지며 결국 인격도 미래 쪽으로 따라가는 것이다.

"굳이 따지자면, 최근 10여 년의 기억을 잃은 드렐타인이라고 봐야겠구만."

라피셀과 비슷한 상황이었다.

지금의 그녀는 마치 현세의 어린 라피셀처럼 굴고 있다. 하지만 실은 미래의 라피셀이 기억만 잃은 상태라 봐야 한다.

간혹 미래의 의식이 깨어나긴 해도, 이는 기억에서 기반되는 인격에 의한 것.

어린 라피셀의 영혼과 미래 라피셀의 영혼이 번갈아 몸을 차지하는 게 아니란 소리다.

"나도 사실 명확하게 알고 있는 것은 아니지만 말이지."

영혼과 인격, 기억의 관련성은 사령술이면서 동시에 철학의 문제이기도 하기에 카르나크도 단언할 수 있는 분야는 아니었다.

"어쨌거나 왜 이런 일이 벌어진 건지는 대충 알겠네."

드렐타인의 영혼을 이리저리 살피며 카르나크가 말을 이었다.

"역시 무왕은 무왕이구만."

융합되어 무의식 너머로 사라졌던 현세 드렐타인의 인격이 그 속에서도 채 소멸하지 않고 버티고 있었던 것이다.

무의 극의를 넘볼 정도로 강인한 인격이기에 가능한 일이었다.

"라피셀도 마찬가지고. 뭐, 라피셀의 경우에는 미래 라피셀이 일부러 스스로의 인격을 잠재웠기 때문도 있겠다만."

문득 세라티는 의문을 느꼈다.

미래의 영혼이 현세의 영혼을 침범한 경우는 이 자리에도 2명이나 있다.

"혹시 두 분의 이 시대 인격도 무의식 너머에 남아 있다는 건가요?"

바로스와 카르나크가 서로를 바라보았다. 그리고 피식 웃었다.

"이 시대의 우리 인격이요?"

"바로 녹았겠지?"

"이 시절 우리 인격이 그렇게 강인할 리가 없죠."

"아무렴, 이 시절 우리한테 뭘 바라냐?"

어이가 없어 세라티가 혀를 찼다.

"아무리 그래도 과거의 자기 자신들인데 어쩜 그리 남 말하듯 하실 수 있어요?"

이들은 그럴 수 있는 모양이었다.

"과거에 연연하지 말고 현재를 살아가라고 하잖아들?"

"그럼요, 무릇 사람이 미래 지향적으로 살아야죠."

"과거에 얽매이다 못해 시간까지 되돌린 양반들이 할 소린 아닌 것 같지만 말이죠……."

카르나크는 눈앞의 영혼을 차분히 살펴보았다.

왜 이런 일이 벌어졌는지에 대해선 앞으로도 연구할 부분이 많다. 하지만 적어도 한 가지만은 확실하다.

"너, 검은 신의 교단이 뭐 하는 데인지 모르지?"

"드렐타이이인!"

"혹시 테스라낙이라는 이름은 들어 봤냐?"

"빌어먹을 드렐타이이인!"

"응, 모르는구나."

이 영혼은 젊은 시절 몸 빼앗길 때의 기억까지만 지니고 있었다. 심지어 아직 제정신도 아닌지라 연신 횡설수설이었다.

기껏 테스라낙 쪽 수뇌부 영혼을 챙겨 왔는데 건질 수 있는 정보가 하나도 없다.

"거참, 세상만사 뜻대로 안 되네."

뒷머리를 긁으며 카르나크는 난처한 표정을 지었다.

"기껏 이렇게까지 했는데 건진 게 없어."

옆에서 지켜보던 세라티가 고개를 갸웃거렸다.

"저기요, 카르나크 님?"

"왜?"

"그러니까 지금 카르나크 님이 하신 것 말이에요. 현세의 드렐타인을 구원하신 거 아니에요, 미래의 드렐타인으로부터?"

"어라? 이게 말이 그렇게 되나?"

지금 검은 신의 교단의 정보 따위가 중요한 게 아니다.

이 수법이라면 미래인들에 의해 강제로 융합당한 이 시대의 영혼들을 구할 수 있다!

"진정한 의미의 구원자가 되실 수 있는 거잖아요!"

"그렇구나!"

세라티의 감탄에 카르나크도 방금 일어난 일의 진가를 알아챘다.

진가는 진가인데, 사령왕 기준이라서 문제였지만.

"그럼 미래의 부하들, 이제 일부러 강림시켜도 되겠네? 그다음에 미래 영혼만 따로 분리시켜서 지배의 술법 걸면 되니까!"

"기껏 좋은 일 할 능력을 손에 넣고 제일 먼저 떠올리는 게 그딴 거예요?"

잠깐 발끈했지만 세라티는 이내 흥분을 가라앉혔다.

어차피 카르나크가 저런 소리 하는 걸 한두 번 본 것도 아니다. 이럴 때 어떻게 대처해야 하는지에도 익숙해졌다.

"안 돼요, 카르나크 님."

"안 돼? 왜?"

"그, 그건 좀 설명하기 힘들지만, 하여튼 안 돼요."

"그렇군."

카르나크는 순순히 수긍했다.

"세라티가 안 된다면 안 되는 거겠지."

목숨이 걸린 일이 아니라면 어지간해선 그녀가 시키는 대로 하는 게 좋다.

물론 카르나크 눈에는 영 불합리해 보이긴 하지만…….

"사람이 불합리한 존재이니, 사람답게 살려면 나도 불합리하게 굴어야겠지?"

"……정말 수긍하신 거 맞아요?"

어쨌거나 이는 나중에 신경 쓸 일이다.

눈앞의 영혼을 보며 카르나크는 고민에 빠졌다.

무려 드렐타인의 영혼이었다.

아직 크레타스의 무왕이 되기 전이긴 하지만, 그걸 감안해도 아군으로 만든다면 상당한 전력이 될 것이다.

당장 레번만 봐도 알 수 있다.

"그냥 처박아 두기엔 너무 아까운데."

예전 같았으면 고민도 안 하고 여기저기서 시체 기워 언데드 육신 만든 다음 데스 나이트로 바꿨을 것이다.

하지만 지금의 그는 사령왕이 아니니까.

"아무렴, 사람답게 살려면 죽음 같은 거 지배하면 안 되지."

각오를 되새기는 카르나크를 향해 바로스가 코웃음을 쳤다.

"그런 것치곤 이미 많이 지배하고 계십니다만? 4대 장로들은 뭐, 언데드가 아니라 자율 주행 뼈다귀랍니까?"

카르나크가 바로스를 흘겨보았다.

"그러니까 더 늘리진 않겠다는 소리잖아."

안 그래도 요새 너무 예전처럼 군 것 같아서 여러모로 찜찜했다. 슬슬 자제를 할 필요가 있을 것 같았다.

"그러니 데스 나이트는 기각."

하지만 저 선택지를 빼고 나니 딱히 떠오르는 게 없었다.

"와, 이거 어디다 써먹지?"

옆에서 지켜보던 세라티가 고개를 절레절레 저었다.

"영혼의 한을 풀어 주고 성불시킨다는 선택지는 없는 건가요?"

"왜? 그러면 아무 쓸모도 없어지는데."

"아니, 그러니까……."

어깨를 축 늘어뜨리며 힘없이 대꾸하는 세라티였다.

"제발 사람을 쓸모가 있냐 없냐로만 판단하는 습관 좀 버리시라고요……."

＊

테스라낙의 최고 심복, 엘레자르와 드렐타인을 해치웠다.

검은 신의 교단 역시 세력이 크게 꺾였다.

그 와중에 역시공 초월체를 이용해 아주 잠깐이긴 하지만 전생의 힘도 쓸 수 있게 되었다.

물론 전생이라곤 해도 사령왕 시절 이야기이지 아스트라 슈나프 시절이란 소린 아니지만.

게다가 바로스며 다른 이들에게 권능도 내려 줄 수 있게 되었다.

이 정도면 무왕이나 대마법사가 덤벼도 그럭저럭 승산이 있다.

제법 여유가 생긴 것이다. 적어도 예전처럼 언제 적들이 쳐들어올지 몰라 전전긍긍할 필요는 없어졌다.

이에 카르나크는 결정을 내렸다.

"우리도 한동안 쉬자."

물론 완전히 손 놓겠다는 의미는 아니었다.

여전히 종말의 어둠은 대륙 곳곳에 비처럼 내리고 있다. 테스라낙의 침략을 완전히 막은 것은 아니다.

"그래도 쉴 땐 쉬어야지. 다 먹고살자고 하는 짓인데."

애초에 카르나크는 그리 큰 욕심이 없었다.

그가 전생하며 세운 목표도 어디까지나 적당히 돈 벌고, 적당히 무시당하지 않을 정도의 힘을 지닌 채, 맛있는 것 먹어 가며 안빈낙도하는 것 아니었나?

레번과 세라티, 밀리아는 어이없어했지만.

'7왕국에서도 한 손에 꼽히는 상단을 집어삼켜 놓고…….'

'무왕과 대마법사를 동시에 처리할 정도로 힘도 되찾았으면서…….'

'심지어 황혼교 세워서 직속 세력까지 광범위하게 만들어 놓고? 욕심이란 욕심은 다 부리신 것 같은데?'

하지만 바로스의 반응은 달랐다.

"정말 욕심 다 버리셨네요."

애초에 기준이 다른 것이다.

황금으로 저택 짓고 살던 놈이 '집을 통째로 황금으로 만

드니까 살기 불편하더라. 이번엔 검소하게 가재도구만 황금
으로 만들어야지.'라고 하는 격이랄까?

온 세상이 전부 자기 것이었던 놈이 저 정도로 만족하면
정말 욕심 죄다 버린 게 맞긴 하지.

그래서 바로스는 다른 부분을 지적했다.

"오래는 못 쉴 겁니다. 아직 종말의 어둠을 막을 방법을
못 찾았잖아요."

카르나크가 인상을 구겼다.

"그래서 드렐타인을 불러다 정보 캐내려고 했는데, 영혼
만 구하고 끝이었잖아, 쳇."

세라티가 고개를 저었다.

"쳇이 아니잖아요. 좋은 일 하시고도 왜 꼭 말을……."

"난 사람답게 살고 싶은 거지, 딱히 좋은 일 하면서 살고
싶은 건 아닌데?"

"좋은 일을 하면 기분도 좋아지는 것이 사람다운 삶 아닐
까요?"

"어, 그건 좀 설득력이 있네."

하여튼 이런 이유로 한동안 영지에 머무르며 휴식을 취하
게 되었다.

물론 휴식이라고 해서 마냥 놀았다는 소리는 아니다. 다들
나름대로 바빴다.

카르나크의 경우엔 플로케 붙잡고 연구에 들어갔다.

"얘 좀 붙잡아 봐, 세라티!"

카오오오!

카르나크 앞에선 그리도 날뛰던 새끼 용이 세라티 품에만 들어가면 얌전해진다.

도롱도롱 졸고 있는 흰 새끼 드래곤을 이리저리 살피며 카르나크가 고개를 갸웃거렸다.

"뭔가 묘한 기운이 느껴지긴 하는데, 이게 뭔지를 모르겠네."

"용마력이 아니고요?"

"용마력이 아니니까 뭔지 모르겠다는 거지."

생명과 관련된 무엇인가 같긴 한데 명확하게는 모르겠다. 아무래도 하루 이틀 내에 답이 나올 문제는 아닌 것 같았다.

밀리아는 유스틸 킹스 오더를 그만두고 제스트라드 영지의 신관장이 되었다. 카르나크가 그녀를 위해 특별히 영지 내에 라티엘의 신전을 마련해 준 덕이었다.

잘나가던 킹스 오더 대신 깡시골의 신관장이 되었으니 좌천이나 마찬가지였지만 어쩔 수 없었다.

"밀리아 너, 내 옆에서 오래 떨어져 있다가 자칫하면 날개 나온다?"

사람들 사이에서 정체 들키는 것보단 시골에 처박혀 있는 것이 백배 나았다.

바로스와 레번, 라피셀과 세라티 등 오러 유저들은 열심히 수행에 힘썼다. 다들 오랜만에 수행에만 전념할 수 있어 즐거워했다.

특히 레번은 벽을 넘을 수 있을 것 같다며 열심이었다.

"조금만! 조금만 더 하면!"

"실버 나이트 될 수 있을 것 같냐?"

"카르나크 님께 기운을 더 받을 수 있을 것 같습니다!"

"……원래 검의 경지는 스스로 올리는 거라며? 마음가짐 잘못된 거 아냐?"

"우리 가문은 원래 이랬다면서요?"

"아, 뭐, 그렇긴 한데……."

라피셀 역시 세라티와 함께 착실히 검술과 기사 수업(?)에 매진하며 충실한 시간을 보내고 있었다.

그러던 어느 날.

문득 카르나크가 세라티를 찾았다.

"잠깐 나랑 같이 좀 가자."

"뭘 하시려고요?"

"왜, 사람답게 살려면 죽음을 지배하면 안 되잖아? 그렇지?"

"그런데요?"

"사람답게 살면서도 드렐타인의 영혼을 써먹을 방법을 찾았어."

세라티는 미심쩍은 눈으로 카르나크를 바라보았다.

어쩐지 묘하게 의기양양한 표정이다.

"······또 무슨 짓을 하시려고요?"

카르나크가 바로스와 세라티를 데리고 간 곳은 영지 북쪽
에 위치한 깊숙한 숲이었다.

우거진 수풀 사이로 버려진 건물이 하나 보였다. 원래는
병영으로 사용하던 곳인 듯했다.

세라티와 바로스가 고개를 갸웃거렸다.

"여기는?"

"우리 영지에 이런 곳이 있었어요?"

별거 아니라며 카르나크가 대꾸했다.

"전전대 데벤토르 남작가에서 만든 건데, 버려진 걸 내가
개수했지."

즉, 이곳은 이미 데벤토르 영지 안쪽이란 소리다.

항상 있던 일이다 보니 둘 다 별로 신경은 쓰지 않았다. 그
냥 카르나크가 또 카르나크 같은 짓을 했구나 하고 넘어갈
뿐이었다.

건물 내부는 누가 봐도 마법사의 연구실처럼 꾸며져 있었
다.

네 귀퉁이에는 불꽃이 타오르는 화로가 설치되어 있고 중

앙에는 커다란 석재 제단이 놓여 있다. 찬장에는 다채로운 약초와 동물의 해골, 광물 등이 가득하다. 반대쪽 테이블 위엔 정체 모를 온갖 액체가 담긴 주전자와 유리병이 보인다.

신기해하며 세라티가 물었다.

"언제 이런 걸 다 준비하셨어요?"

"덕분에 바빴지."

물론 진짜 바빴던 쪽은 황혼교 교인들이었다. 이 오지까지 관련 물품 배달해야 했으니까.

제단으로 향하며 카르나크가 품에서 완드를 꺼내 들었다.

"자, 이제 드렐타인을 부활시키겠다!"

꫟

사람답게 살려면 죽음 같은 거 지배하면 안 된다. 데스 나이트로 만들어 영혼을 집어넣는 술법 또한 당연히 죽음을 지배하는 행위다.

그래서 카르나크는 생각했다.

"죽은 육체를 사용할 수 없다면, 살아 있는 육체를 쓰면 되잖아?"

하지만 바로 실행하진 않았다.

그간의 경험을 통해 자신의 '사람다움'이 얼마나 일반인과 동떨어져 있는지 잘 아는 그였다. 그래서 숲속 연구실로 가기 전 세라티에게 확인부터 받았다.

"어떻게 생각해?"

당연히 그녀는 발작했다.

"미쳤어요! 또 억울하게 생사람 잡으시려고요?"

"또라니? 나 시공 회귀한 후론 억울하게 생사람 잡은 적 별로 없는 것 같은데."

"없다뇨!"

무슨 말도 안 되는 헛소리냐며 세라티는 기억을 뒤져 사례를 찾았다.

그리고 당황했다.

"……어라? 정말 없나?"

분명히 억울한 사람은 굉장히 많이 양산한 카르나크였다.

하지만 그들은 대부분 적이었다. 의외로 '생사람'을 잡은 적은 거의 없었다……?

"그래도 이건 좀 아니죠! 살아 있는 사람에게 다른 영혼을 빙의시키면 당사자는 어쩌라고요?"

그런 반응이 나올 줄 알았다는 듯 카르나크가 손가락을 까닥였다.

"내가 그 정도로 멍청하진 않지."

왜 군이 데스 나이트로 만들어 영혼을 빙의시키는가?

살아 있는 육체에 영혼을 빙의시키면 오래 버티지 못하기 때문이다.

그러니 어차피 살아 있는 사람에게 드렐타인의 영혼을 빙의시킬 순 없다.

　"윤리, 도덕 쪽은 아예 신경조차 못 쓰시는 게 참 카르나크 님답긴 한데……."

　생사람 붙잡아 와서 육체 빼앗겠다는 소린 아닌 것 같아 안도하며 세라티가 물었다.

　"그럼 대체 뭘 어쩌시겠다는 건가요?"

　"데스 나이트 만드는 요령으로 완전히 새로운 생육신을 만들어 보려고. 드렐타인의 유골을 촉매로 쓰면 부작용도 없을 것 같거든."

　세라티는 잠시 눈을 깜빡였다.

　"어, 그러니까……."

　그리고 차분히 확인한다.

　"언데드를 만드는 대신, 아예 생명을 새로 만드시겠다고요?"

　"그렇지!"

　"그게 몇 배는 더 사악한 행위일 것이란 생각은 안 해 보셨고요?"

　"어째서?"

　이해가 안 간다는 듯 카르나크가 되물었다.

　"이건 틀림없이 안 하던 짓인데, 나?"

　이 일로 피해를 보는 이는 아무도 없다.

죽은 드렐타인의 영혼은 새로운 삶을 받을 수 있다. 그 과정에서 억울한 사람이나 영혼이 생기지도 않는다.

"게다가 여신교 교리에도 어긋나지 않잖아, 이건."

분명히 7여신교는 시체를 다시 일으키는 행위를 엄격하게 금지한다.

하지만 생명을 만들지 말라는 말은 어디에도 쓰여 있지 않은 것이다!

"그건 애초에 불가능한 일이라 써 놓을 필요도 없어서 그런 거 아닐까요?"

"따지고 보면 불가능한 건 아니지. 인류의 절반은 원래부터 하던 짓인데."

"여성의 출산을 이런 거랑 비교하시면 안 되죠!"

"왜 안 되는데?"

"어, 그게……."

세라티는 멍하니 눈을 깜빡였다.

처음엔 또 카르나크가 말도 안 되는 헛소리를 하고 있다고만 생각했는데……

'듣다 보니까 어째 그럴듯하긴 하다?'

그녀의 표정을 본 카르나크가 히죽 웃었다.

"좋아, 세라티의 허락도 받았으니 본격적으로 간다!"

"아직 허락한 건 아닌데요."

"반대한다는 소리야?"

"그것도 아니지만……."

"그럼 허락한 거겠지."

온갖 기괴한 물품들로 가득한 병영 속 연구실.

카르나크는 우선 방 한쪽 구석으로 향했다. 2미터에 달하는 큰 물체가 천으로 덮여 있었다.

천을 걷어 내니 커다란 유리통이 나왔다. 정체 모를 액체가 가득 담긴, 인간의 시체가 둥둥 떠 있는 유리통이었다.

바로스가 헛웃음을 흘렸다.

"사령술 안 쓰신다고 하지 않았어요, 도련님?"

카르나크가 항변했다.

"시체를 다루긴 하지만 사령술을 쓰는 건 아니거든!"

"와, 저기 설득력 없는 소리를 하는 사람이 있다……."

심복의 말을 애써 무시하며 카르나크는 완드를 고쳐 쥐었다.

마법을 이용해 시체를 유리통에서 꺼낸다.

"떠올라라, 움직여라, 정해진 자리로 향해라."

허공으로 떠오른 시체가 제단 위로 이동했다.

제법 덩치가 좋은 남성의 시체였다. 여기저기 누덕누덕 기워진 것이, 아무래도 한 사람만의 시체로 만든 건 아닌 듯했다.

카르나크가 시체 위에 하얀 가루를 뿌렸다. 드렐타인의 뼛
가루였다.

가루가 시체에 닿자 희미한 빛을 내며 스파크를 일으킨다.

파직! 파지직!

빛에서 전해지는 기운을 느끼며 바로스와 세라티가 중얼
거렸다.

"누가 봐도 사령술로 보이긴 하는데……."

"일단 사용하는 기운은 사령력이 아니네요. 대체 뭐예요?"

오러도, 마나도, 신성력도, 사령력도 아니다. 전혀 생소한
기운이다.

얼마나 생소하면 카르나크조차도 이렇게 답할 정도였다.

"나도 몰라."

"모르다니요?"

"플로케에게서 뽑아낸 기운이거든."

세라티가 기겁해 쌍심지를 켰다.

"잠깐! 지금 뭐라고옷?"

카르나크가 재빨리 그녀를 달랬다.

"진정해, 플로케는 멀쩡하니까. 그냥 기운만 좀 추출했을
뿐이야."

"아, 난 또."

멀쩡한 드래곤을 갈아 넣었다는 소리인 줄 알았던 것이다.

어지간하면 이렇게까지 최악의 상상은 보통 안 하는데, 상대가 상대이다 보니…….

바로스가 고개를 끄덕였다.

"가장 비슷한 기운을 찾으라면 용마력 쪽인 것 같긴 하네요. 그렇다고 용마력인 것은 아니지만."

"생명과 연관된 뭔가인 건 맞아. 속성만 보면 말이지."

이것이 카르나크가 생명을 새로 만들어 보겠다는 생각을 한 이유였다. 이제까진 없던 새로운 뭔가가 나타났으니까.

"혹시 몰라서 연구 좀 해 봤는데, 될 것 같더라고."

세라티는 새삼 감탄했다.

저게 그냥 연구 좀 하면 되는 문제란 말인가?

'저 인간이 진짜 천재는 천재구나.'

마법사로서 재능이 없어서 사령술사가 되었다는데, 이쯤 되면 그냥 젊은 시절 첫 단추를 잘못 끼웠을 뿐이 아닌가 싶다.

그러는 와중에도 시체에서는 계속해 스파크가 일어나고 있었다.

파직! 파직! 파지직!

점점 전격이 시체 전체로 번져 간다. 죽어 버린 시체의 손발이 미세하게 떨리기 시작한다.

카르나크는 음산하게 웃었다.

"후후후, 된다, 돼."

양손이 어지럽게 교차한다. 복잡한 마법진이 연신 허공에 형성되며 형형색색의 불꽃이 춤을 춘다.

마침내 모든 흐름이 정점으로 치달았다.

카르나크가 양손을 모았다. 강대한 혼돈마력이 힘이 깃든 말과 함께 시신을 향해 쏟아졌다.

"일어나라, 새로운 명을 받아 그 생을 이 땅에 펼쳐라!"

시체가 두 눈을 떴다. 철을 긁는 듯한 괴성이 터졌다.

"으아아아아!"

병영 창문 저편의 밤하늘을 섬광이 가로질렀다. 어두운 연구실 내부가 격렬한 명암을 반복했다.

우르르릉! 콰콰쾅!

흠칫 놀란 세라티가 눈을 흘겼다.

"아니, 갑자기 번개는 왜 치는 거래?"

이젠 더 이상 시체가 아닌 사내가 벌벌 떨면서 몸을 일으킨다. 머리를 움켜쥐고 연신 신음을 토한다.

"으으으! 으아아! 으아아아!"

카르나크가 사내의 머리에 오른손을 얹었다.

"내 목소리가 들리는가, 드렐타인 텔릭스?"

"드, 들리오……."

"그대는 내 힘으로 새로운 생명을 받았다. 하나 이것만으로는 육체와 영혼의 조율을 끝마칠 수 없음이니……."

음산한 목소리가 사내 속 영혼, 젊은 드렐타인을 쥐어짜듯

울린다.

"나의 권속이 되어라."

"뭐라고?"

"그대가 무사히 부활할 방법은 그것뿐이다. 그러지 않으면 영혼이 육체에 안착하지 못해 종국에는 흩어져 떠도는 악령이 될 것이다."

드렐타인은 머뭇거렸다.

"그, 그것은……."

사령술사의 권속이 된다는 것이 무엇을 의미하는지 잘 아는 그였다. 아무리 이런 상황이라 하더라도 바로 승낙할 수 있는 문제가 아니었다.

하나 카르나크의 유혹은 아직 끝나지 않았다.

"내 권속이 된다면, 그대는 복수의 기회를 얻게 되리라!"

순간 드렐타인의 두 눈에 불꽃이 튀었다.

'……복수!'

그렇다.

자신을 이렇게 만든 빌어먹을 미래의 드렐타인 텔릭스, 그 악마에게 복수할 수 있다면 또 다른 악마의 힘을 빌리는 것도 감수할 만하다!

증오를 담아 드렐타인은 자신의 영혼을 걸었다.

"그대의 권속이 되겠소."

"그렇다면 정신을 열고 계약을 받아들여라."

제단을 둘러싸고 거대한 어둠이 뿜어져 나왔다. 동시에 하나의 영혼이 또 하나의 영혼에 얽매이며 보이지 않는 사슬에 칭칭 묶였다.

잠시 후 어둠이 가라앉으며 드렐타인이 도로 쓰러졌다.

"으윽……."

기절한 사내를 보며 카르나크가 히죽 웃었다.

"역시 허세에 약하다니까."

지켜보던 세라티가 어이없어하며 물었다.

"저기요, 사령술 안 쓰신다고 하지 않았어요?"

방금 저지른 권속의 계약은 누가 봐도 명백하게 사령술이었다.

"그래서 생명 창조 때는 안 썼잖아. 거짓말은 안 했다, 뭐."

당당한 카르나크를 보며 그녀는 한숨을 쉬었다.

뭔가 영 찜찜하긴 한데, 그래도 이 시대의 드렐타인이 새 삶을 얻은 것은 사실이었다. 게다가 그 과정에서 딱히 피해를 입은 이도 없긴 하다.

'좋은 일이야, 나쁜 일이야, 이거?'

❈

카르나크 일행은 부활한 드렐타인을 바로 저택으로 데려

가지 않았다.

전신이 누덕누덕 기워진 흉한 외모라 함부로 사람들 앞에 내보일 수 없었다.

사실 심장이 뛰고 호흡을 한다는 점만 제외하면 겉보기엔 누더기 골렘이랑 별 차이도 없는 것이다.

하지만 누더기 골렘과 부활한 드렐타인에겐 결정적인 차이가 있었다.

살아 있는 존재라서 신관의 치유술이 먹힌다는 점.

그래서 밀리아가 머무르는 영지 신전부터 데리고 갔다.

"라티엘이시여, 이자의 육체를 보살피소서."

신성 주문으로 모든 흉터가 깔끔하게 사라진 드렐타인은 남자다운 인상의 30대 초반 모습이었다.

미래 드렐타인에게 몸을 빼앗긴 게 저 나이였으니, 육체 역시 영혼을 어느 정도 따라간 것이다.

멀쩡한 모습이 된 드렐타인이 카르나크를 향해 조심스레 물었다.

"그런데, 대체 당신은 누굽니까?"

영혼 상태일 때는 제정신이 아니니 못 느꼈지만, 육체를 얻고 나니 당연히 의문부터 든다.

그럴 줄 알았다는 듯 카르나크가 고개를 휙 돌렸다.

"세라티!"

"네, 네."

하루 이틀 있었던 일도 아닌지라 이젠 능숙하게 설명을 시작하는 그녀였다.

"옛날 옛적에 사령왕 카르나크라는 썩을 놈이 있었답니다. 그런데 그 사령왕이 어느 날 음식이 처드시고 싶어지셨대요."

"야! 이젠 실수인 척도 안 하냐?"

✳

제스트라드 영지에서 새로운 기사가 서임을 받았다. 30대 초반 정도로 보이는 듬직한 인상의 사내였다.

"드렐 릭스턴이라고 합니다. 잘 부탁드립니다."

당연하게도 그의 정체는 부활한 드렐타인이었다.

바로스와 라피셀, 레번 스트라우스의 경우엔 어디까지나 미래에 유명해질 이들이었다. 현시대에서는 무명이었던 덕에 본명을 부담 없이 사용할 수 있었다.

하지만 크레타스의 무왕, 드렐타인 텔릭스는 유명해도 너무 유명하다. 그냥 원래 이름을 갖다 쓸 순 없다.

그래서 기존 이름을 적당히 조합해 가명을 만들었다.

완전히 새 이름으로 만들었다가는 무심코 실수할 수도 있으니, 일부러 드렐이란 애칭을 써서 어색함도 줄였다.

뜬금없이 정체불명의 인물이 툭 튀어나왔지만 제스트라드

의 기사들은 이상하게 여기지 않았다.

이런 일이 한두 번이어야지?

출타한 영주님이 어디서 오러 유저 건져 오는 경우를 워낙 많이 봤다. 세라티도, 라피셀도, 레번도 하늘에서 떨어진 것처럼 나타나 제스트라드의 기사가 된 처지다.

"그런데 레번 경은 이제 우리 영지 기사 아니지 않나? 스트라우스 공작가의 가주님이시잖아."

"공식적으로는 그렇기는 하지만……."

"지금도 영지 연무장에서 칼질 중이던데?"

"하는 짓은 예전이랑 다를 바 없더만."

그저 다들 궁금해할 뿐이었다.

여태 카르나크가 데리고 온 기사들은 죄다 보통 인물들이 아니었다. 다들 자신들은 꿈에나 그리던 오러의 영역에 도달한 이들이다.

심지어 라피셀은 저 어린 나이에 무려 자색급의 경지에 오르기까지 했지.

그렇다면 저 드렐이란 기사는 과연 얼마나 강력할까?

레드? 블루? 퍼플?

이들의 예상이 깨진 것은 드렐 경의 수련 모습을 본 후였다.

일단 자세는 그럴싸했다. 검술도 그럴싸했다.

그런데 체력, 특히 지구력이 처참할 정도로 떨어진다.

고작 칼질 몇 번 하더니 이내 거친 숨 몰아쉬며 바로스와 이런 대화를 나누고 있는 것이다.

"헉, 헉헉!"

"조금만 쉬시겠습니까?"

"그럽시다."

겉보기엔 덩치도 좋고 경륜도 깊어 보이는 주제에, 오러 유저는 고사하고 일반 농민만도 못해 보였다.

'인상만 강하지 영 허당이잖아?'

'영주님은 대체 왜 저런 자를 기사로 삼은 거지?'

＊＊＊

드렐타인이 카르나크의 권속이 되었다. 하지만 크레타스의 무왕이 권속이 된 것은 아니었다.

레번과 마찬가지로 드렐타인 역시 현시점에서는 아직 무왕이 아니니까.

몸을 빼앗겼던 10여 년 전의 그는 실버 나이트 수준이었다.

이후 무왕의 자리까지 올라간 것은 미래의 드렐타인이다.

하지만 실버 나이트라 해도 엄청난 전력인 것은 틀림없지 않은가? 게다가 미래에 무왕이 될 것이 확실한 인재이기도 하고.

쓸모 있는 아군을 건졌다며 카르나크는 기뻐했다.

그런 카르나크의 착각을 바로잡아 준 것은 바로스의 한마디였다.

"당장은 별 도움 안 될걸요."

"엥? 왜?"

"우리가 막 시공 회귀했을 때 생각 안 나세요, 도련님?"

세계를 정복했던 절대적인 힘을 다 잃고, 동네 기사 란돌프 따위와 결투 한번 해 보겠다고 그 생난리를 피웠어야 했던 시절이다.

"마찬가지입니다. 이제 갓 얻은 육체인데 곧바로 원래의 힘을 발휘할 수 있겠습니까?"

"나도 그 정도는 감안했지. 그래서 역시공 초월체로 혼돈 투기 잔뜩 넣어 줬는데?"

"네, 아마 투기는 쓸 수 있을 겁니다. 어디까지나 쓸 수는, 말이죠."

바로스의 말을 카르나크가 이해한 것은 부활한 드렐타인, 일명 드렐이 자신의 오러를 펼쳐 보인 때였다.

"음, 이런 느낌이군."

진중한 얼굴로 검을 길게 늘어뜨리며 호흡을 고른다.

우우우웅!

눈부신 은빛 투기가 칼날을 감싸며 화려한 광채를 발했다. 과연 실버 나이트다운 아름다운 오러였다.

그런데······.

"윽, 여기까진가?"

갑자기 오러가 픽 꺼지더니 드렐이 쓰러져 버렸다.

마치 빈혈이라도 온 양 이마를 짚으며 바닥에 주저앉아 헉헉댄다.

어이가 없어 카르나크가 빽 소리를 질렀다.

"뭘 여기까지는 여기까지야? 고작 3초 오러 발동해 놓고!"

아니, 뭔 신장 180짜리 떡대가 가련한 공주님처럼 쓰러지고 앉았단 말인가?

하지만 드렐타인도 할 말은 있었다.

"혼절에 왕후장상이 따로 있습니까? 기력 달리면 쓰러져야죠."

오러를 다루는 능력은 그대로 지니고 있다.

그동안 익힌 모든 무술과 검술도 기억한다.

게다가 자신의 기존 육체를 촉매로 만든 육신이기 때문에 딱히 부작용도 없다.

그래서 전부 완벽할 줄 알았는데, 하나가 모자랐다.

"이 육체는 단련이 전혀 안 되어 있습니다."

카르나크가 만들어 준 인공 육체는 건강한 성인 장정 수준, 딱히 하자가 있거나 한 것은 아니었다.

하지만 단순히 하자가 없는 정도로는 오러 유저와 비견될 수 없는 것이다.

무술적인 움직임은 물론이고 오러 운용 방식에도 전혀 적응이 되어 있지 않았다. 한동안은 이 불균형을 맞추는 데만 매진해야 할 상황이었다.

"평범한 일반인 몸인데 은검기를 구사하니 오래 버틸 리가 없잖아요."

바로스의 설명에 카르나크가 눈을 가늘게 떴다.

"너나 라피셀처럼 오러 수준 좀 낮춰서 아껴 쓰면 되지 않냐?"

"그건 우리가 무왕급이었으니까 가능했고요. 지금의 드렐경은 미래 버전(?)이 아니잖아요."

레번과 비슷한 처지다.

미래에 무왕이 될 재능이 있을 뿐이지, 아직은 오러를 조율할 수준에 이르지 못했다.

"심지어 라피셀 경도 미래 버전일 때나 가능했고 어린 라피셀일 땐 불가능하죠."

"언제쯤 써먹을 수 있는데, 그럼?"

"저랑 비슷하겠죠. 한 반년쯤 몸 만들면 일반적인 기사 수준은 되지 않을까요?"

검술이며 오러 운용 능력 자체는 건재하니 일단 저기까지만 가면 기하급수적으로 힘을 회복할 것이다.

"그럼 이제 어찌해야 하나?"

뻔하지 않냐는 듯 바로스가 어깨를 으쓱였다.

"고기 많이 먹이고 막 굴려야죠, 뭐."

드렐은 기대 이상으로 빠르게 원래 힘을 되찾아 갔다.

무려 무왕 예비 후보이자 실버 나이트의 경지에까지 올랐던 그였다.

바로스처럼 편법을 썼던 경우도 아니고 레번처럼 시작 지점이 낮은 것도 아니다. 무엇보다 오러 자체는 지금도 사용이 가능하다.

1초 정도 짧게 은검기를 발하는 것만으로 육체에 부하를 주고 빠르게 회복할 수 있는 것이다.

옆에서 지켜보는 세라티는 기겁할 노릇이었지만.

"그러다 조금만 실수해도 큰일 나지 않아요?"

단련되지 않은 몸에 은검기를 돌리다 자칫 밸런스라도 깨지면 그 순간 관절과 인대, 근육이 갈가리 찢겨져 극심한 부상을 입을 터였다.

이에 대한 드렐의 답변은 간단했다.

"실수를 안 하면 되는 것 아니오?"

백척간두에 놓인 외나무다리 위에서 매일 곡예를 펼치면서 '나 이거 많이 해 봤어. 정신만 똑바로 차리면 돼.'라고 하는 격이다.

문제는 정말로 실수를 안 한다는 점이었다.

역시 무왕 될 놈은 뭐가 달라도 다른 듯했다.

그렇게 오러까지 동원하며 복수심에 불타 열정적으로 몸을 만든다.

"빌어먹을 드렐타인 놈!"

미래의 드렐타인이 이미 죽었다는 사실은 아무런 의미가 없었다.

테스라낙과 사령술이 얽힌 일이다. 보나 마나 데스 나이트가 되어 돌아올 게 뻔한 것이다.

그동안 다른 이들도 수행에 힘썼다.

바로스는 레번과 함께 다음 경지를 넘보고, 라피셀도 세라티와 함께 '기사 수업'이 끝나면 부리나케 연무장으로 달려온다.

덕분에 제스트라드 연무장에서는 건축 이래 가장 휘황찬란한 풍경이 펼쳐지게 되었다.

오후만 되면 연무장 곳곳이 푸른 오러, 보랏빛 오러, 은빛 오러로 연신 번쩍번쩍한다.

그 와중에 드렐의 눈길을 끄는 것은 역시 잿빛 머리 소녀였다.

고작해야 10대 소녀가 자색의 오러를 펑펑 다루고 있는데 놀랍지 않을 리가 없지.

"대체 저 소녀는 누구요?"

"엥? 라피셀을 왜 몰라요?"

순간 의아했지만 바로스는 이내 이해했다.

생각해 보니 드렐이 그녀를 알 리가 없었다. 라피셀에 대해 아는 이는 어디까지나 미래의 드렐타인이니까.

이젠 드렐 역시 은밀한 마법 전언의 멤버 중 하나.

바로스가 몰래 설명해 주었다.

[그녀 역시 미래에서 온 무왕의 영혼입니다.]

[아니! 그럼 저 아이도 미래의 영혼에게 육체를 빼앗겼단 말입니까! 그런 천인공노할!]

[어, 그게…….]

틀린 말은 아닌데, 그렇다고 맞는 말이라고 하기도 좀 애매하다.

뒷머리를 벅벅 긁으며 바로스가 설명을 이었다.

[재가요, 미래에서요, 사령왕이랑 싸우다가 패해 영혼이 찢겨서요, 문지기 생활하다가 실험체로 이 시간대에 던져졌거든요. 그래서 도련님이 어떻게 손을 써 줘서 일단 기억은 잃은 채로 우리랑 같이 있는 겁니다.]

드렐은 멍한 표정을 지었다.

카르나크가 사령왕이었다며? 그럼 카르나크가 영혼을 찢고 카르나크가 손을 썼다는 소리인가?

[……뭔 소린지 하나도 모르겠습니다만?]

[이따가 밤 되면 술이라도 한잔하면서 이야기합시다. 이

자리에서 설명하기엔 너무 길어요.]

그래서 드렐도 대충 이렇게만 이해했다.

바로스? 무왕급 미래인.

레번 스트라우스? 무왕 될 현대인.

라피셀? 무왕급 소녀.

[그런데 세라티 경은?]

문득 그가 연무장 반대편의 붉은 머리 여인을 돌아보았다.

[저 아가씨는 정체가 뭔데 저럴 수 있는 겁니까?]

그러자 바로스의 표정도 진지해졌다.

[그건 저희도 신기해하고 있는 부분이군요.]

※

세라티는 내내 긍정적으로 생각해 왔다.

'열심히 노력하면 될 거야.'

되지 않았다.

재능의 한계는 잔혹한 것이라, 아무리 노력해도 그녀는 블루 나이트의 경지를 벗어날 수 없었다.

그런데 열심히 노력한 보람은 또 있었다.

날카로운 기합과 함께 세라티의 청색 투기검이 허공을 가른다.

"타아앗!"

그리고 레번의 자색 투기검과 충돌한다.

콰앙!

나가떨어진 것은 레번이었다.

분명히 블루 나이트와 퍼플 나이트가 맞부딪쳤는데 더 높은 경지인 레번이 오히려 밀린 것이다.

어이없어하며 레번이 눈을 껌뻑거렸다.

"뭔 청색급 오러가 이렇게 셉니까?"

"글쎄요."

다들 카르나크에게서 받은 기운을 완벽히 자기 것으로 만들었다. 그래서 이번 기회에 새로 또 혼돈투기를 받았다.

바로스와 레번, 라피셀은 다음 경지를 가로막는 장벽을 코앞에 둔 채, 어떻게든 넘어서기 위해 노력 중이었다.

반면 세라티는 여전히 벽조차 느끼지 못하고 있었다.

아직 블루 나이트로서 걸어야 할 길이 남은 것이다.

그녀의 나이를 생각하면 딱히 이상한 일도 아니긴 했다.

그런데 희한한 현상이 일어났다.

경지는 분명 청색급인데, 오러의 총량이나 출력만큼은 자색급조차도 능가해 버렸다. 정면으로 붙으면 레번과 라피셀도 밀릴 지경이었다.

다만 흘리거나 비껴 내는 등 기술을 쓰면 맥없이 당한다. 깨달음이나 숙련도는 여전히 블루 나이트 수준이었다.

"안 그래도 카르나크 님께 물어봤는데, 짐작 가는 바가 없다고 하시더라고요."

검에 맺힌 푸른 오러를 내려다보며 세라티는 한숨을 푹 쉬
었다. 그리고 요즘 들어 습관처럼 입에 담는 말을 내뱉었다.

"이게 좋은 일인지 나쁜 일인지 모르겠네."

✳

한동안 카르나크는 제스트라드 영지에 머물렀다.

딱히 움직일 상황이 아니었다.

엘레자르와 드렐타인을 잃은 검은 신의 교단은 쥐 죽은 듯
조용했다. 얼핏 망한 게 아닌가 싶을 정도로 움직임이 없었다.

그저 산발적으로 자잘한 분쟁만 일으킬 뿐이었는데, 그 정
도는 7왕국 연합의 킹스 오더나 제국 측 파사의 여단, 황혼
교 활동만으로도 충분히 감당할 수 있었다. 그리고 카르나크
는 저들 모두에게 정보망을 펼쳐 놓은 상태다.

내내 휴식을 취하며 상황이 달라지기만을 기다릴 때였다.

마침내 변화가 생겼다.

전혀 예상 못 한 쪽의 변화였다.

─대마법사 기엔 렌이 요정족과 드래곤을 이끌고 라케아
니아 제국을 침공했습니다!

서치 블랙과 황혼교, 파사의 여단에서 똑같이 전해진 소식이었다. 그러니 정보의 진위 여부는 의심의 여지가 없다.

그럼에도 카르나크는 쉽게 믿을 수 없었다.

대마법사 기엔 렌은 어디까지나 요정족의 총수호자였다. 그러니 엘프나 드워프를 다루는 건 이해가 가지만…….

"드래곤이 개 말을 듣는다고? 왜?"

다음 권으로 이어집니다

천재 셰프 회귀하다

신사 현대 판타지 장편소설

독보적 미각의 천재 셰프
절망의 불구덩이에서 다시 기회를 얻다!

가스 폭발에서 사람을 구한 대가로
미각도, 손도 잃은 도진
재기를 마음먹은 어느 날
또다시 가스 폭발 사고에 휘말리고
한 번만 더 불 앞에 서기를 바라며 눈을 감는데……

미각과 손을 가져간 화마, 2회 차 인생을 선물하다?

고등학생으로 회귀한 후
과거의 지식과 경험을 바탕으로
요리계에 지각 변동을 일으키다!

요식업계 초신성에서 파인다이닝 오너 셰프까지
요리 명장의 인생 플레이팅!

꿈의 도약, 로크에서 하십시오
(주)로크미디어에서 신인 작가를 모십니다

즐거운 세상, (주)로크미디어는 꿈을 사랑하고 도전을 두려워하지 않는 작가분들의 참신한 작품을 기다리고 있습니다. 21세기 장르 문학계를 이끌어 갈 차세대 선두 주자 (주)로크미디어에서 여러분의 나래를 활짝 펴 보시길 바랍니다.

모집 분야 판타지와 무협을 포함한 장르 문학
모집 대상 아마추어 작가, 인터넷 작가
모집 기한 수시 모집
   작품 접수 시 유의 사항
   1. 파일명은 작가명_작품명.hwp 형식을 갖춰 주십시오.
   1. 파일에 들어갈 내용은 다음과 같습니다.
      － 성명(필명인 경우 실명을 밝혀 주세요), 연락처, 이메일 주소.
      － 제목, 기획 의도.
      － A4용지 1장 분량의 등장인물 소개.
      － A4용지 2장 분량의 전체 줄거리.
      － 본문.
   1. 작품이 인터넷에 연재되고 있다면, 게시판명과 사이트의 구체적이고 정확한 주소를 기재해 주십시오.

선택된 작품은 정식 계약 후 출판물로 간행되어 전국 서점에 유통됩니다.
작가분은 (주)로크미디어의 전폭적인 지원하에 전속 작가로 활동하시게 됩니다.
※ 자세한 내용은 로크미디어 홈페이지(rokmedia.com)를 참조하세요.

(04167)서울시 마포구 마포대로 45 일진빌딩 6층
(주)로크미디어 편집부 신간 기획 담당자 앞
전화 : 02)3273-5135
www.rokmedia.com   이메일 : rokmedia@empas.com